Rolan The Forgotten King 2

Rolan

The Forgotten King

Takumi Yoshino Presents

Illustration: Jun Mochizuki

-2-

序　章	魔王の復活	005
第一章	魔王親征	011
第二章	トゥールの奇襲	055
第三章	アンダーワールドよりの使者	091
第四章	アポストル・ファイブ	137
第五章	絶望の境界	199
第六章	宿敵との再会	251
終　章	戦い、未だ終わらず	294
あとがき		298

GANGAN NOVELS

忘却の覇王 ロラン②

吉野 匠

GN
ガンガンノベルズ

Story

Rolan The Forgotten King -1-

［忘却の覇王ロラン］1巻のあらすじ

アヴァロン大陸の南方に位置するクラウベン帝国。その王女・エトワールは、王室警備隊長・ロランに悲痛な願いを告白していた。

クラウベンは新興勢力である商業都市連合との戦争に疲弊していた。この争いに終止符を打つべく、敵軍総帥・アメンティとエトワールの政略結婚が持ちかけられていたのだ。悲しみに暮れるエトワールの願いに応えて、ロランは結婚式に乱入し、彼女を略奪する。かくして2人は、共に商業都市連合の追跡から逃亡することになる。

だが、ロランを真に悩ませるのは、エトワールのもうひとつの願い――「クラウベンを勝利に導くこと」だった。

古代の超科学的な遺産・LT《ロスト・テクノロジー》兵器で武装した商業都市連合は、比類ない強さでクラウベン帝国に迫っている。この劣勢をくつがえすため、ロランが狙った起死回生の一手。それはかつて人類を脅かし、いまは地上から姿を消した「魔族」の助力を求めることだった。ロランは、おぼろげな記憶の中の祖父から、魔族たちの存在について聞いていたのだ。

魔族と接触するため、2人は「絶望《ディスペアー》」と呼ばれる連合の刑務

主な登場人物

ロラン・フランベルジュ

クラウベン帝国の元・王室警備隊長。傭兵あがりで大胆不敵な性格。自分の過去の記憶におぼろげなところがある。幼き日のエトワールと出会い、彼女を守ることを誓っている。

エトワール・ド・クラウベン

クラウベン帝国現王の姪姫で、唯一の王位継承者。勝気で活発な反面、情にもろい。ロランのことを誰よりも信頼している。LT兵器に詳しく、幼少の頃から英才教育を受けている。

アメンティ

商業都市連合の絶対的な統率者。10年前に突如現れ、卓越したLT兵器の知識により連合を大勢力とし、君臨する。見た目は若いが年齢不詳で、その多くが謎に包まれた人物。

シオン

千年の眠りについているところを商業都市連合に捕獲され「絶望」の結界内で拘束されていた少女。魔族でも最強戦士の一人。人間嫌いで、ハーフバンパイアと呼ばれると怒る。

所に侵入し、その最奥部から魔族の少女・シオンを救出する。だが、数百年にわたり捕えられていたはずのシオンは、なぜかロランに懐かしい面影を見い出すのだった…。

　シオンの導きによって、ロランとエトワールは魔族たちが隠れ住む「アンダーワールド」へと至る。ロランは、人間を認めようとしない魔族の長に挑むが、歯が立たず絶体絶命の危機に。そこでシオンが唱えたのは「封印」を解除する呪文だった。そして驚愕の事実が明らかとなる。

　ロランすら知らなかった彼の正体は、我が全能なる君
すなわち「魔王」だったのである。

口絵・本文イラスト　望月　淳

Prologue

魔王の復活

アンダーワールドに広がる広大な森の中で、ニケはやっと自分の姉を見つけた。

彼女は時にふと姿を消し、名もない湖の畔《ほとり》で考え込んでいることがあるが、今日もそうだったらしい。

波の全く立たない湖を眺めつつ、姉のレナは俯《うつむ》いて微動だにしない。座っている太い木の枝は湖に手を差し伸べるように長く伸びていて、半ばは水面の上にある。その枝先近くにぽつんと腰掛け、レナはひたすら眼下の水面を眺めている。

あたかも、鏡のごとき水面に何らかの真実を見いだそうとするかのように。

双子の弟であるニケが来たのはとうに知っているだろうに、こちらを見向きもしない。長い金髪がヴェールのように横顔を覆い隠していて表情は読めないが、おそらくいつもと同じく冷静そのものだろう……とニケは思う。

ただし、生まれた時から一緒にいる弟のニケには、姉の表情の微《かす》かな変化がわかる。ここ数百年、レナはいつもどこか寂しそうだった。まるで、手に入らない遠くのものを渇望するかのように。薄衣を纏《まと》ったその姿は、どこか女神像のようにも見える。

魔力で宙に浮いたままレナの正面に回り、ニケはそっと声をかけた。

「姉さん、午前中に感じた謎《なぞ》の魔力の正体がわかったよ」

返事こそなかったが、姉のレナはやっと顔を上げてくれた。ほんの少し吊《つ》り目がちな瞳《ひとみ》は、透き通るようなアイスブルーであり、これは双子のニケとよく似ている。ただし、せいぜい耳に被《かぶ》さる程度の短い髪型のニケと違い、姉の髪は腰に至るほど長い。

その長い髪を、額の真ん中よりやや左側で無造作に分けていた。

……つまり、全能なる君が去った時と全く同じ外見、そして姿だ。

そして当時と同じく、度が過ぎるほど無口である。現に今も、ニケを見はしたが、じっとこちらが話すのを待っている。

姉の前に浮かんだニケはため息を堪《こら》えつつ、やむなく自ら口火を切った。

「さっき感じたあの魔力……どうやら、我が全能なる君の御力だったらしい」


——反応があった。

寡黙な姉にしては珍しく、碧眼《へきがん》を大きく見開き、ニケを見つめている。しばらく間が空いてやっと一言だけ、「……我が全能なる君が？」と囁《ささや》いた。

「そう、そうらしい。ただし、もうスカイシップで立ち去った後だけど」

ニケはごく簡単に、聞き込んできた情報を教えてやる。

人間と一緒にシオンが戻ってきたこと、そして連れの人間があの傲慢《ごうまん》なヴェルガンを倒してしまったこと……どうやらシオンは、その人間が魔王であると主張していること……今はその彼ともう一人の人間を伴い、シオンはクラウベンに向かったこと——等々。

一言も口を挟まずに聞いていたレナは、ニケが口を閉ざすと、また訊《き》いた。

「シオン様が認めたということは、そのお方は確かに、我が全能なる君……なのね。間違いないのね？」

レナにしては、珍しくたくさんしゃべった方だろう。

それに、いつになく切実な声音だった。

「そう見るのが普通だけど、僕はまだ認めたわけじゃない」

ニケはゆっくりと首を振る。

「我が君が去ってから、既に数百年が経《た》っているんだ。ここは慎重に確認した方がいい。それでなくても人間はずるがしこい。現に、さっきの力だって、元の我が君とは少し質が違っていた……姉さんだって、最初は偽物《にせもの》だと思ったんだろ？」

言葉を切ると、レナは微かに首を傾《かし》げた。

ではどうするの、と言いたいようだ。

ニケは静かに微笑《ほほえ》んだ。

「クラウベンに赴き、問題の人間に『真実の椅子《いす》』に座るように伝えよう。それが証明となる……何しろ、アレには我が全能なる君しか座れないからね」

レナは、息を詰めたような眼差《まなざ》しでニケを見ている。その真剣な目つきときたら、ここ何年も見たことがないほどだった。

レナの……魔王に対する忠誠心は、シオンに勝るとも劣らない。ひょっとして怒らせたのかと、ニケはひやりとした。姉を本気で怒らせ、無事に済んだヤツはかつて存在しない……さすがのニケも、姉だけは敵に回したくないほどだ。もちろん、そんな気もないけれど。

「なんだ、姉さんは反対かい？」

意外にも、レナは首を振った。

ふわりと枝から飛び立ち、ニケの前に浮遊する。あくまで真剣な目つきのまま、

「真実の椅子に座っていただきましょう。そうすれば、他《ほか》の皆も納得するわ」

「……もし偽物だったら？」

「わたしがその人を殺す」

レナの返事は端的だった。

そう、姉はいつも真摯《しんし》で一途なのだ……何に対しても。

もしその人間が魔王の御名を騙《かた》っているだけなら……もはやそいつは、死んだも同然だろう。ニケはそう確信した。

「決まりだね。シオン様と並び、魔族最強を謳《うた》われる光と風の姉弟が、彼を本物の魔王と認めるかどうか。全《すべ》ては真実の椅子が決めてくれる」

――弟のニケが楽しそうに笑ったが、もはやレナは聞いていなかった。

白い顔を心持ち上向け、そっと両目を閉じている。

艶《つや》のある唇から独白が洩《も》れた。

「……我が君、本当にお帰りになったのですか？」

Chapter 1

魔王親征

王都アレクセンの上空に入り、オーヴィル城内を眼下に見え始めた時、エトワールはロランにきつくきつく申し渡したものである。

「いいこと、ロラン。叔父上には間違っても、『俺《おれ》ってば、なんと魔王でした！』なんて愉快すぎる発言したら駄目よっ」

操縦室のコンソールからこちらを振り向いた黒瞳《こくどう》は、まさに真剣だった。ぴりりとするような気迫が籠《こ》もっている。

もっとも、ロランにしてみれば自分も半信半疑なので、言われるまでもない。中央の船長席でボトルごと酒を呷《あお》りつつ、肩をすくめてやった。

「安心しろ、俺自身がまだ信じられないんだぜ。んな脳天気な報告するか、馬鹿《ばか》」

「ならいいけど——」

エトワールのセリフを遮るように、ロランの右手に立つ少女が口を挟んだ。

ずっと忠実な臣下のごとく控えていたのだ。

「そのうち……ご自分でも得心がいくかと。それまでは、シオンが我が君を補佐しますわ」

見かけはティーンの少女にしか見えないが、彼女は魔族——それも、かつて「魔王の右腕」とまで呼ばれていた戦士なのだ。実力も見かけを裏切るとんでもなさで、人間など束になっても敵《かな》わない。

彼女こそが、ロランを魔王として覚醒《かくせい》させた張本人……らしい。らしいというのは、ロラン本人は魔王に戻った時の記憶が欠片《かけら》も残っておらず、今ひとつピンとこないからだ。

おまけに現場を見ていたはずのエトワールはこの件に関してまるで頼りにならず、ヒステリー気味に「ロランは普通の人間よっ」と喚《わめ》くばかりだった。全然、まともな話にならないし、どうも何があったかを話すのも嫌らしい。

要するに、ロランにとって真相は未《いま》だに闇《やみ》の中に等しい。

……しかし、多少の疑問は残っているものの、実はロランはさほど気に病んでいない。途中で無様に気絶したとはいえ、魔王代理のヴェルガンは倒したらしいし、目覚めたらなぜか怪我《けが》が治っていて自分は五体満足だし、エトワール達もちゃんと無事だったし、何の不満もなかった。

おまけにあそこにいた魔族共は、なぜか軒並みロランを畏怖《いふ》の表情で見るようになり、後の話は嘘《うそ》臭いほどとんとん拍子に進み、万々歳である。かなりの困難を伴うと予想された同盟工作が、まさに秒単位で済んでしまった。驚いたことに、誰《だれ》も反対しなかったのだ。これを大成功と言わずして、なんと言おうか——とロランは思っている。

第一、己の出自のことで悩むより、今は他《ほか》にやらねばならないことがたくさんあるのだ。

そんなわけで、ロランはシオンに屈託のない笑顔を向けた。

「ああ、そっちの方は頼む。おまえのお陰で、魔族の説得も上手《うま》くいったしなぁ」

「恐れいります……まだ一部の戦士たちへの説得が残っていますが、そちらも時間の問題でしょう」

「うん、頼む」

よしよし、良い子だ……という感じでロランはシオンの艶《つや》やかな青い髪を撫《な》でてやる。しかし、こちらを振り向いたままのエトワールの視線に気付いて、笑顔が強張《こわば》ってしまった。

王女の視線は身体《からだ》を貫き通すほど険悪だったからだ。しかも、ロランが言い訳をする間もなく、ぷいっとコンソールに向き直ってしまう。恐ろしいまでに機嫌が悪くなった。

さ、先が思いやられるぜ……。

ロランは心中でこっそりため息をついた。

もちろん、一番の問題は背後のキャビンと船倉にいる、大量の気配なのだが。


ディスペアーで奪ったスカイシップは、オーヴィル城内の庭園へと降下を続けている。

郊外の廃棄空港へ下りている時間も惜しいし、ロランはあえて城へ直接帰還することを選んだのだ。ただし、理由は便宜上のことだけではない。既に、フォレスタから城内の者達に「ロラン元大尉は隠密に作戦遂行中だった」と告げられているそうな。こうしてスカイシップで派手な城内降下をやらかせば、「作戦成功した上での帰還である!」というのを衆目に印象付けられるはず——という目論見《もくろみ》もある。

先に電信信号で、魔族との交渉の顛末《てんまつ》と帰還を知らせてあったので、「すわ、敵か!」と攻撃されることもなく、スカイシップは船底から固定脚を出し、季節の花が咲き誇る広大な花壇の横に着地を果たした。

どうやら演出的にも、スカイシップで乗り付けたのは正解だったらしい。

というのも船が停止した途端、王宮の方から兵士の群れが駆けつけたからだ。どの顔も喜色満面であり、ついでに言えば、ロランには嫌というほど見覚えがあった。

何しろ、ほとんどが自分の部下である。

金属梯子《ばしご》で地上に降り立つや否《いな》や、副官のワイラーが真っ赤な顔で抱き付いてきた。

「ロラン大尉っ。僕は大尉のご帰還を信じてましたあっ」

「だあっ」

ロランは寒気がした。

幾ら若いハンサムとはいえ、男に抱き付かれて嬉《うれ》しいはずはない。実際、たちどころに腕に鳥肌が立った。

「やめろ、ばっちいだろ！」

こっちの服に鼻汁を擦《こす》りつけかねないワイラーを、慌ててふりほどく。最後に見た時と同じく黒髪を軍人風に短くカットし、王室警護隊の黒い軍服にも皺《しわ》一つない。早朝だというのに、爽《さわ》やかすぎる姿だった。酒瓶を手にしたロランとは大違いである。

他の部下たちも口々に、「大尉、お帰りなさいっ」と喚いて——いたのだが、エトワールが下りてきたのを見て、慌てて姿勢を正した。

「殿下に敬礼！」

生真面目《きまじめ》なワイラーが号令をかけ、皆が一斉に彼女に敬礼した。エトワールも久方ぶりに王女らしい仕草を見せ、会釈《えしゃく》を返す。

……それはいいが、その直後、全員が目を丸くして固まってしまう。船の甲板からふいにシオンが顔を出し、平然と一同を眺めたからだ。

場にそぐわない豪奢《ごうしゃ》なドレス姿の少女に、全員が目を剥《む》く。それだけならまだしも、シオンは次の瞬間、実に気安く飛び降りた。

「危ないっ」

ワイラーが思わず叫んだが、彼女は軽くスカートを翻《ひるがえ》らせ、華麗に着地を果たした。

見かけを裏切る怜悧《れいり》な表情で、ゆっくりとロランの部下達を見やる。商店の店先に並ぶ、野菜を品定めするような目つきだった。

そのうち微《かす》かに唇が綻《ほころ》び、小さく頷《うなず》く。

嬉しそうに述べた。

「さすがはロランさま。城内でも人望が厚い……です」

ロランは密《ひそ》かにほっとした。

クラウベンに戻ったら間違っても「我が君」などとは呼ぶなよ？

そう頼んでおいたのを、シオンはちゃんと覚えていてくれたのだ。

「いや……そうでもないんだな、これが。哀しいかな、人望らしきものがあるのは一部だけでな。ほとんどのヤツには嫌われ者さ」

言いかけ、ワイラー達が未だに口を半開きにしてシオンを見ているのに気付き、ロランは苦笑した。

「説明なら後で――」

部下の誰かが遮った。

「大尉、あの方達はっ⁉」

振り向くと、船倉から上がってきた新手が続々と甲板に出ていて、ちょうど下へ飛び降りるところだった。

特殊な戦闘服に身を包んだ戦士もいれば、ごく普通の衣服の者もいて、まるで統一のない一団である。ただし、共通する点もある……この集団は一人の例外もなく、絶世の美男美女なのだ。露出度の高い戦闘服姿の女性を見て、ワイラーが顔を赤くして視線を逸《そ》らした。

「モ、モデルとか役者の方達ですか」

ロランは危うく噴き出しかけたが、辛うじて堪《こら》えて首を振った。

「いいや、俺達の援軍だ」

ロランはワイラーの目を見て、はっきりと教えてやった。

「彼らこそ、遥《はる》かなる第二時代に全世界を席捲《せっけん》した、魔族達さ」

「……え」

目に見えて顔色が悪くなったワイラーの肩を、ロランは何度か叩《たた》いてやった。

「ま、深く考えるなって。全員、俺達の味方なんだし。仲良くしようや、なっ」

無駄に明るい声で告げてやったが……あいにく、同意する声は皆無だった。

重苦しい沈黙が広がり、皆がまじまじとロランを見つめた。

☆

先日の連合との戦闘で、怪我に倒れた国王のフォレスタは、未だに絶対安静である。

ロランがそのフォレスタを見舞いに行こうと思った時には、とうにエトワールが駆け去った後だった。帰りの船上でも彼女はずっと心配していたので、これは無理もない。なのでロランは、王女がせめて叔父と長く話せるよう、時間を置いてゆっくりと国王の私室へ向かった。

本来ならば、魔族戦士達の当面の住居などを城中に手配せねばならないのだが、ロランはそちらはワイラーに押しつけた。几帳面なあいつのことだから、なんとかするだろう……多分。

面倒だからというのが大半の理由にしても、このやり方にはロランなりの理由もある。

どうせロラン自身が何もかもやるわけにはいかないし、人間も少しは魔族の良さを知るべきだ——と勝手にそう思ってるのだ。第二時代の恨み辛みを引きずったままでは、真摯な同盟関係など結べるはずはない。この点においては、同じことが魔族側にも言えるかもしれない。

そんなわけでロランは、連れてきた魔族はスカイシップに放置したまま、王宮の奥へと散歩気分で進んでいる。

お陰で、城内の変化も否応《いやおう》なく目についた。何よりもまず、旅立つ（逃走ともいう）前に比べ、妙に人の姿が少ない。国王の私室がある最上階辺りはともかく、普段の城内は兵士や役人などの往来が常にあり、もう少し賑《にぎ》やかだったはずだ。なのに、今は掃除のメイドでさえとんと見かけない。まるで無人の廃棄城を行くがごとしである。

たまに誰かを見かけると、そいつは決まって俯《うつむ》き加減で足早に通り過ぎるか……それとも、火事場から焼け出された勢いで駆け足にすれ違っていく。中には、大荷物を担《かつ》いでよろよろと歩く怪しすぎるヤツもいたりする。全員が等しく、ロランの方を見向きもしなかった。どうも連合軍の接近に伴い、国を見限った輩《やから》が続出してるらしい。

まさかとは思うが、他に考えようもない。

切れ者の呼び声高い国王フォレスタは、いわば、国内最大の希望でもあったのだ。

あの国王なら、土壇場でなんとかしてくれるだろうと……そう期待する臣民や軍人は多かったはず。それが、今や国境での戦闘に敗れ、私室に伏せっている。そのことが大きな影響を及ぼしたのかもしれない。

それに、連合軍は今はまだ国境で軍備を増強しているが、もはやいつこの王都に進撃してきてもおかしくない。冷静に考えれば、城内のこの有様は当然かもしれなかった。

ところが、まるで様子の変わらないヤツもちゃんといた。そいつはロランが王宮のホールから螺旋《らせん》階段を上がっている途中、背中で後ろ手を組み、上階からのしのしと下りて来た。

……クラウベン帝国軍の名物男、ヨハン・クリスチャンセン大佐である。

いつもながら、どこからどう見ても、強面《こわもて》の軍人にしか見えない。

裾長《すそなが》の純白上衣には黒い意匠が入り、縦二列に並んだ銀ボタンがぴかぴかに輝いている。

言うまでもなく、帝国軍将校の制服である。

ロランは、彼の私服姿を見た記憶がほとんどない。口元にはもちろん、左右が盛大に跳ねた太い口髭《くちひげ》も蓄えられていて、軍人風の外見を完成させていた。

短く刈り込んだ灰色の髪と刺すような視線も、ロランが最後に会った時そのままだ。五十八歳……士官候補生からの叩き上げの軍人で、軍を代表する頑固者とされる。

うわ、嫌なおっさんに会った……そんな表情をロランがモロに出したせいだろうか。ヨハンはこちらを見るなり一喝した。

「ロラン・フランベルジュ大尉!!　逃げ出さずに帰還したのはいいが、王宮内は子供の遊び場ではないぞっ」

「……は？」

ボケたのか、おっさん。

既に一般人だし、ロランは敬礼もおざなりに首を傾げた。しかし、何を言われたのかすぐに理解した。振り向くと、ドレス姿のシオンが立っていたからだ。知らぬうちについてきてたらしい。

彼女はヨハンに負けず劣らず厳しい目つきで、強面の大佐を睨《にら》み付けていた。おそらく、老人の口の利《き》き方が気に入らないのだろう。

「あー、大佐。彼女は我が国の貴賓《きひん》ですよ。勘違いなさらないように」

頑固そうな上がり眉《まゆ》をひそめた老人に、ロランは適当に教えてやった。

「俺……自分は今、帝国軍を救うために奇策を考えてますんで。彼女はそのための客人というわけで」

今は魔族がどうのという話はしない方がいいだろうと思い、ボカしておいた……が、どのみち相手は、ロランの話などさして聞いていないようだった。背筋を伸ばし、胸を張った姿勢のまま、鼻を鳴らす。

「陛下が療養中なのをよいことに、今やオーヴィル城内は腰抜け共が逃げる算段ばかりしておる。実際に、連合に色目を使い出した痴《し》れ者もちらほら出ているのだ。まさかおまえも、その

らしい。

国境付近での戦闘に勝利した後、連合軍は今にもこの王都へ進軍しそうな気配を見せている

帰還途中、ワイラーからの電信信号の続報が何度かあり、その後の進展は聞いている。

ロランは笑って手を振る。

「滅相もない！」

類《たぐい》ではなかろうな？」

それに伴い、帝国軍内では目を覆わんばかりの動揺を示していると。一般庶民より先に、国を守るはずの軍部が先に瓦解《がかい》するかもしれない……そんな連絡をもらっている。

実際、今の城内の寂れ方を見れば、逃げたヤツが大勢いるのは確かなところだろう。

「逃げるにしても、俺は陛下や王女を置いてはいきませんぜ」

——他に置き去りにしたいヤツは一杯いるけどな。

というセリフは胸中で呟《つぶや》くだけにして、ロランはしれっと返す。

「ふんっ、どうだかな」

失礼な捨て台詞《ぜりふ》を最後に、ヨハンはすれ違って去ってしまった。

老人の背中を見送ったシオンが、低い声で問う。

「我が君……ご命令をいただければ、シオンが殺してまいりますが」

淡々と恐ろしいセリフを吐いてくれた。

無論、彼女は完全に本気なのだ。もし「そうだな」とでも答えれば、本当に追いかけていって殺すだろう。

ロランは笑って首を振った。

「今はいい。それより陛下に説明をする方が難題だな」


王宮の最上階に着いた。

真紅のカーペットが敷かれた廊下の端で、警備兵に面会許可をもらい、ようやくロランはフォレスタの私室まで辿《たど》り着いた。ちょうど、エトワールが出てきたところであり、二人を見て盛大に顔をしかめた。

「なんで二人で来るのっ」

もういきなり喧嘩腰である。

「……俺だけじゃ、説得力ないだろ。だから、同盟の代表として来てもらった」

知らん間に後ろにいたことは伏せ、ロランはそう答えておく。

「それより、その調子だと、陛下は意外と元気そうだな」

「意外ととは何よ⁉」

エトワールがまた噛《か》み付く。

自分の声に驚いたのか、ちょっと口元に手をやった。珍しくそれ以上の文句は控え、代わりに切々と諭してくれた。

「よいこと、ロラン。私は席を外せと言われたから同席しないけど、余計なことはしゃべらないで、大事なポイントだけを上手くお伝えするのよ。船内で口裏を合わせたようにねっ。くれぐれも自分が魔王なんてちゃらけた話は」

「わかってるって！　安心しろ。俺は腹芸は得意だ」

「こ、声が大きいわよ、馬鹿っ」

エトワールが息を呑《の》むのを無視して、ロランは鉄枠の入ったごついドアをノック代わりにぶっ叩く。

「ロラン・フランベルジュ元大尉、ただいま帰還しました！」

予想よりしっかりした声が聞こえた。

「……入りなさい」

エトワールにウインクして、ロランは室内に滑り込んだ。


銀製の巨大なシャンデリアこそ目立つが、執務室を含めて三部屋が連なるフォレスタの私室は、国王の部屋にしては質素である。

特に奥の寝室はそうだ。ただし、一応は夜にも執務を続けられるよう、重厚なマホガニー製の机が置いてある。機械式の柱時計もベッドのそばにあり、これはかなりの値打ちものかもしれない。

ベッドに横たわったフォレスタは、ロランとシオンの二人組を見ても、格別の驚きは見せなかった。まるで彼女を連れて戻ってきたのは予定通りだったというような顔で、ロラン達に椅《い》子《す》を勧める。

フォレスタ自身は羽毛布団に身体を沈めるようにして寝ており、半身を起こすのも辛《つら》そうだった。無理に起き上がろうとしたので、ロランが慌てて止めたほどだ。

ただし、顔色はさほど悪くない。今すぐにどうこうという状態ではないだろう……その点、ロランはほっとした。

「途中、何度か電信信号で細かく状況を知らせたと思うが。ご覧の通り、不覚を取ってな。治癒魔法で怪我は癒《い》えたが、まだつい昨日、目覚めたばかりだ。情けない話だよ」

ロランが微かに首を振ると、フォレスタはやっとシオンを眺めた。興味深そうに目を細めてじいっと。ややあって、ぽつりと言う。

「なるほど、彼女は魔族だな」

がつんと一撃を食《く》らったようなものである。

さしものロランも苦笑する他はない。

「すぐにわかりましたか？」

「そんな綺麗《きれい》な青い髪は、人間にはいないはずだからね。それくらいはわかるさ」

シオンが小さく頷いた。

少なくとも、フォレスタの言い方はお気に召したらしい。

「……シオンよ」

まるで物怖《ものお》じせず、堂々と名乗る。自己紹介のつもりだろう。国王相手の口の利き方ではないが、これぱかりはロランにも咎《とが》められない。彼女からすれば、たとえ国王といえども、人間に頭を下げねばならない理由はないのだ。ロランもその気持ちはよくわかるし、そこまで強制したくもない。

幸いにしてフォレスタは、他国の者にまで口の利き方をとやかく指図する男ではない。笑顔で頷き返し、王者の度量を示した。

「さて、あらましは電信信号のやりとりでわかったつもりだが」

ゆっくりと笑みを消し、今度はロランを真《ま》っ直《す》ぐに見やる。

「一応、おまえの口からも報告を聞くとしようかな」

「――はっ」

さて、ここが正念場である。

ロランは唇を舌で湿らせてから、朗々と語り始めた。


シオンに教えてもらったが、魔族の本拠は最果ての島にはなく、実は他の場所にある。

そこではヴェルガンという悪辣《あくらつ》な男が魔族のトップに君臨し、圧政を敷いて魔族の庶民を苦しめていた。不平と不満が彼らの間に満ちており、現地に潜入した私は他国のことながら、いたく義憤に駆られた次第。

彼らの窮状を見かね、かつ同盟要請の件も考慮に入れ、私はこの際は、現地で悪王を打倒しようと決意した。エトワールと共に魔族達と協力し、悪の魔王ヴェルガン打倒の兵を募り、見事にヤツをぶちのめすことに成功――。

圧政から解放された魔族達はすっかり私達と打ち解け、ごく一部を除いて喜んで同盟の話を受け入れてくれた。秘蔵するLT兵器も、正常起動までに時間がかかるものの、後でちゃんと貸してくれるそうな。

というわけで、自分は屈強なる魔族戦士達を率い、帝国の危機を救うべく戻って来たのであります！

いや、全てが信じられぬほど上手く運び、真に祝着の限り。

これも、主神ベルネスの御心でありましょう。


「というわけで、我が策は嘘のように大当たりしたわけですよ！」

一気にそこまで話すと、ロランは座したまま口を閉ざした。

……沈黙が広がった。

ロランとフォレスタは、互いに真面目くさった表情で見つめ合い、一言も発しなかった。無口なシオンも当然、何も語らず、ただ壁際《かべぎわ》の巨大な柱時計のみが、カチカチと無機質な音を刻んでいく。

一分……いや、二分ほども経《た》ったろうか。

やっとフォレスタが口を開いた。

駄目生徒を眺める学府の教師よろしく、言い切る。

「創作にしても、せいぜい十点というところかな」

「これはしたり！」

ロランは大仰な顔を作り、眉を上げた。

「職を辞したとはいえ、かつては王室警護隊長の要職にあった身ですよ。その俺がでたらめを並べているとでも⁉」

「うむ、どこかに嘘があるのは間違いない」

断定なのが渋い。

「一番肝心な点を隠している気がする……もちろん、私の単なる勘だがね」

涼しい顔で見返すロランを眺め、フォレスタはニヤッと笑う。

「だが、それはお互いにとって今は問題ではない。おまえは正直にぶちまけるつもりはないだろうし、私もここで追及する気などない。それより、より切迫した問題が眼前にあるのだから」

「と、言いますと」

あくまで真面目かつ誠実な表情を崩さなかったロランは、しかし次の瞬間、フォレスタの底の知れなさを存分に味わった。

老獪《ろうかい》な国王は表情を引き締め、いきなり叫んだのだ。

「ロラン・フランベルジュ中将‼」

「はっ――」

反射的に立ち上がった後、ロランは顔をしかめた。

「て、ええっ⁉」

驚くロランに、フォレスタは重ねて告げる。

「予の命令である。今回の功績を認め、貴官を戦時特例として中将に任命するものとする。直ちに軍属に復帰し、任務に当たれっ」

棒立ちのロランに向かい、フォレスタはやっと笑顔に戻った。

執務机の上を指差す。そこには細く巻かれて封蝋《ふうろう》がされた、書類らしきものが放り出してあった。

「既に命令書は作成してある。法的になんら問題はない」

「いやいや、幾らなんでも大尉から中将というのはまずいでしょう。戦術レベルで部下を率いて戦場を右往左往するのが大尉なら、中将は戦局全体を眺め、戦略を決定する立場ですぜ。今はともかく……かつての帝国なら、最低でも将兵の十万やそこらは指揮下に入るでしょう。いきなり何段も飛ばしてそこへ上がるのは、外聞も悪すぎだと思いますがねぇ」

ロランは呆《あき》れて国王を見下ろす。

そもそも、長い長いクラウベン帝国の歴史上でも、軍部で中将以上の地位というのは、数えるほどしかいなかったのだ。しかも今現在の軍部では、最高位は少将でしかない。下っ端《したっぱ》の士官からいきなり軍部の最高位に引き上げるわけで、普通は有り得ない。

昨日まで戦場を駆けずり回っていた兵士が、いきなり将官として指揮を執るようなものだ。

とそこまで考え、ロランは顔をしかめた。

よく考えたら、フォレスタはロランに言われるまでもなく、そんなことはとうにわかっているはずだ。つまりこの人事には、それなりの理由があるのだろう。

フォレスタが好意のみでここまでするわけがない。

「ははぁ？　察するに陛下は、俺に面倒ごとを押しつけるつもりと見ましたが」

「さすがに聡《さと》いな、中将」

抜け抜けとフォレスタは言い、少し疲れたように目を閉じた。

「要するに、貴官は劇薬なのだ。今はそれが必要な時故にな。おまえなら、私の言わんとすることはわかるだろう？」

「まあ、城内の閑散とした有様を見れば、何となく」

ロランは、ベルネスの見事な彫刻が施された天井を仰ぎ、嘆息した。

「沈没しかかった船みたいな感じですしね」

「この私の前で……相変わらず、言葉を選ばん男だ」

忌々《いまいま》しそうに、しかしどこか嬉しそうにも聞こえる声音でフォレスタは返す。

「否定できんがな。敵と戦うより、まずせねばならんことがある」

「……いいんですか、陛下」

ロランは低い声で問う。

「俺に大権を渡すと、自分の思い通りにやりますぜ？　この城も、後には雑草も残らないかもしれない。自分で言うのもなんですが、俺ならやりかねん」

「まさにそれが私の望みだ。国が滅びるよりはましとは思わんか、うん？　わかっているとは思うが、今は建国以来の危機なのだ。過去に何度も和平案を拒絶してきたアメンティが、もはやこの段階で和平に応じるとも思えん。最後まで戦う他に道はないのだよ。そしてどうせ戦うなら、せめて後ろから斬《き》られないようにすべきだろう。裏切りと逃走で人が減るより、私はこの際、荒療治を選ぶことにしたのだ」

既にフォレスタの声は細くなっていた。

治癒魔法で回復を加速させた分、身体に無理が来ているのだろう。本当なら、まだ話せる状態ではないのかもしれない。ロランから見ても、フォレスタは明らかに長話を避けていた。

「存分にやれ！　おまえなら、恨み辛みなどものともするまい。私なら後を考えてご免被るところだが……おまえならやれるはず」

ひ、ひでー、人を盾にする気かよ！

そう思わないでもなかったが、ロランは口には出さなかった。フォレスタがそんな命令を出さねばならぬ理由も、痛いほどわかったからだ。確かに、この非常時に避けて通れぬことはある。……それは、自分にしかできないことかもしれない。

ロランは立ち上がり、軽く寝息を立て始めた国王に、いつもより丁寧な敬礼をした。

「ロラン・フランベルジュ戦時中将、これより任務に就きます！」

投げ出すように置いてあった命令書を取り上げる。と、その下に小さなメモ書きがあった。

シオンを促して部屋を出ながら、ロランは素早くそれに目を通す。

一読して、なるほどと心中で頷いた。こりゃ確かに大手術が必要かもしれない。

シオンの視線に気付き、まるで別のことを訊《き》いた。

「今の話、どういうことかわかったか？」

魔族の少女は妖艶《ようえん》な笑みを見せた。

「わかります、我が君。人間の世界では……やむを得ないことでしょう」

「……賢いなぁ、おまえ」

ロランは破顔してシオンの髪を撫でてやる。

さて、これからちょいと忙しくなりそうだ。

☆

フォレスタに遠征の報告をしたそのわずか半日後、ロランはクラウベン帝国の高級将校達を集めた。それだけではなく、文官も大臣クラスを含め、遠慮なく呼びつけた。

そう、国王の名において、軍議の間に大佐以上の階級を全てと、文官のトップ達を集めたわけだ。幸い、戦時とあって（まだ逃げてない者は）ほぼ全員が王都にいる。

ただし、実数はさほどではない。

クラウベンでは文官より軍部の発言力の方が強いが、騎士の称号を持ち、なおかつ大佐以上となると、実は帝国内でも数が限られる。

現在のところ、クラウベン帝国内での軍部の最高位は少将であり、この少将にしてからが四名しかいないのだ。フォレスタの不幸は、自分の苦労を肩代わりする補佐役に恵まれなかったことかもしれない。

遅れて入室してきたロランが、エトワールを伴って上座に並んで座ると——無理もないが、たちまち問題の少将達が睨んできた。

しかもロラン達の後に続くように、ワイラー中尉を初めとして、大勢がわらわらと入室してくる。全員、純白の制服ではなく、デザインは同じでも上下共に黒い軍服で、襟元に星印がある。……もちろん、王室警護隊専用の制服であり、つまるところロランの部下達である。

彼らは壁際に整列して、後ろに手を組んで休めの姿勢を取った。室内にいる者には、ひどく不気味に映ったはずだ。

「ロラン大尉っ、なんの真似《まね》だ！　殿下はともかく、貴様は己の分を知れっ」

古参少将のトスカンがまずがなり立て、他の三名も追従した。

「その通り！　貴様、しばらく姿を消していた癖に、何を増長しておるっ」

「全くだ‼　そもそもおまえは、以前から気に食わんっ」

「消えていたのは敵に寝返っていたためではないのかっ。それと、壁際の兵共はなんの真似か！　さっさと下げないかっ」

言いたいだけ言わせると、ロランはいきなり大喝した。

「やかましいぞっ、この無能野郎共がっ。タマを潰《つぶ》されたいかあっ‼」

渾身《こんしん》の力で分厚い机に拳《こぶし》を叩き付ける。予想以上の大音響がして、なんとローズウッド製の机に罅《ひび》が入った。

何にせよ、これまで偉そうにしてたヤツらに向かって遠慮なく怒鳴るのは、実に気持ち良かった。ロランは胸のつかえがすっかり取れた気がしたほどだ。

軍人や大臣達の度肝を抜いたのか、それまで騒がしかった室内が嘘のように静まり返った。続けて文句を言いかけた内務大臣を初めとする文官達も、口を半開きにしたまま、押し黙ってしまう。

拳の痛みをじっと堪えつつ、ロランは唇を引き結んでクラウベンの重鎮共を睥睨《へいげい》する。

軍服の懐《ふところ》からフォレスタの命令書を取り出し、おもむろに告げた。

「この俺、ロラン・フランベルジュ元大尉は、陛下のご命令により、戦時特例として中将に任じられた。よって、貴様達は全員、俺の指揮下に入ることになる。わかったか？　わかったら気を付けて口を聞け。俺ほど、公私混同するヤツはいないからなっ。睨まれたら最後だぜ。そこんとこをよく考えろよ、あ？」

命令書をその場で広げ、皆に見せてやった。

全員が身を乗り出し、むさぼるように文章を読んでいる。信じられないという声や不平不満の声が充ち満ちたが、ロランはきっぱりと無視した。

わかったか、能なしが！

……という目で、今一度周囲に凄《すご》みを利かせる。

「し、しかし」

太鼓腹をベルベッドスーツに押し込んだ内務大臣のローイェが、ぼそぼそと抗議した。

「いかに中将とはいえ、大臣の私に命令する権限は」

を外した。


「やかましいっ」

ロランはぎらっとローイェを睨む。

「国王の名代も兼ねてんだよっ。ちゃんと文章を読め、馬鹿っ」

ふくよかな顔を強張らせたローイェだが、ロランがそのまま睨み付けていると、そっと視線を外した。

「というわけで、今から俺が提案するセリフは、貴様達の上官のセリフとして聞いてもらう。抗議はナシだ。文句のあるヤツはぶん殴って地下牢《ろう》に放り込む。言っとくが、俺は本気だ」

日頃《ひごろ》の恨みを存分に込め、ロランは特に四人の少将共を睨《ね》め付けた。

こいつなら本当にやりかねんと思ったのか、さすがの四人も口を噤《つぐ》んだ。ロランの目を真っ向から受けたのは、最後尾辺りに座していた、ヨハン・クリスチャンセン大佐くらいである。この老人だけは階段で会った時そのままの目つきで、ロランを胡散《うさん》臭そうに見返した。

頑固老人は無視し、ロランはちらりと横を見る。

目を丸くしたエトワールとまともに視線が合った。彼女にはまだ何の説明もしてないので、まあ驚いても当然だろうが。

「陛下のお話は本当でしょうけど……い、いきなりそんな偉そうにしていいの？　ていうか、ロランが中将？」

こっそりと耳元に囁いてくる……だいぶ混乱しているようだ。

ロランは「心配ない」という意味で、微かに頷いてやった。

「さて、俺の話はここからが本番だ」

正面に目を戻し、ロランはゆったりと語り始める。

「正直なところ、戦況は日に日に悪化の一途で、とてもじゃないが勝てる状況じゃない。というか、むしろ、敵が王都に攻め込んでくるのは時間の問題じゃないかと思う。当然、今となっては和平案も考えるだけ無駄、と」

驚いたのか、隣で息を呑む気配がしたが、ロランは今度は相手にしなかった。

フォレスタが私室で指摘した通り、クラウベンはこの数年、何度も連合に和平案やら停戦案を申し出ている。その度に例のアメンティにすげなく断られているわけで、和平への道が閉ざされているのは、もはや衆目の一致するところなのだ。

それに、今や圧倒的に有利な立場にある連合が、この段階で休戦など考えるはずもない。

それを踏まえてのロランの第一声だったが、さすがに皆もわかっているとみえて、特に異議を挟む者はいなかった。

「そこで、俺の提案だ」

効果を高めるように一拍置く。

「この際は連合に早めの降伏をして、その後で俺達から、陛下や殿下の助命を請うのが一番かと思う。というか、俺が着任する以前からもう話が来てでだな、そういう流れになりつつあるんだ」

「……どういうこと？」

ロランはエトワールを見ないようにして、逐一説明してやった。

一つ、フォレスタ王とエトワール王女の扱いについては、連合に一任する。

一つ、ロランを初め、降伏した軍人や文官は、全てこれまでより一階級昇進させ、連合に迎える。

一つ、もちろん、各自の私有財産も保証する（ただし、王室を除く）。

一つ、この提案を呑まない場合、容赦なく殺して首は市街に晒《さら》す。


「ま、こういう条件だ。破格だろ？　はっきり言って俺は、この条件を呑むべきだと思う」

ロランは思いっきり悪そうな顔を作り、にんまりとほくそ笑んだ。

近くでトスカン少将が、がたっと椅子を鳴らす音がした。「馬鹿なっ、わしが聞いていた話では――」などと言いかけ、ロランが目を向けると、慌ててそっぽを向いた。

内心で密かに頷き、ロランはさりげなく補足する。

「先に言った通り、実は今回の中将任命は、今に始まった話じゃない。前から予定はあったんだな。しかも、俺が連合側の使者と何度か会っていたお陰で、敵さんにもその件は洩《も》れてたわけだ。従って、この条件もかなり早い段階で打診を受けていた。無論、俺以外にもあちらさんからの使者と会っている者はいたと思うがね……それぞれ、地位に応じて色んな話を聞いてたことだろう」

俺は何もかも知ってんだぜ？　と言わんばかりの目つきで、ロランはトスカンを初めとする、周囲の高官を見渡す。

普通にしててもいかにも悪童そうなロランなので、本人が狙《ねら》う以上の効果があった。必要以上に動揺を露《あら》わにする者が、何名もいた。

隣席のエトワールが腰を浮かせかけた。動揺しているのは間違いないはずだが、今度は声をかけてこない。

これ幸いとばかりに、皆に問う。

「見ての通り、殿下はいま初めて聞いた話だが、俺は悪い条件じゃないと思うね。なぁに、殿下や陛下の扱いも、俺達が口添えすりゃ、まさか最悪の事態もなかろうよ。無謀な戦を避け、全てを丸く収める……それこそが本物の忠誠ってもんだ」

ゆっくりと周囲を見渡すと、またしても重鎮共は微妙に視線を避けた。ただし、トスカン少将を初め、今度は「視線が泳いでいる」と形容するのが正しいかもしれない。ロランより、むしろエトワールの視線を避けているように見える。

「時間もないことだし、悪いがこの秘密会議で結論を出したい。まず、連合の提案に断固反対の者は席を立ってくれ」

言葉が終わるか終わらないかのうちに、最後尾で老人が立ち上がった。全く迷いのない様子であり、一人で胸を張ってロラン達を見ていた。

「私は反対だ。殿下も陛下も存じ上げず、しかも連合と内通だとっ⁉　ふざけるなっ」

「自殺志願か、ヨハン大佐」

ロランは椅子の背に偉そうにもたれ、薄い笑みで老人を見やる。

「では、ここにいる殿下が納得すれば、あんたも話に乗るかい？」

わざとらしく、ワイラーに目配せする。

もちろん、忠実な副官は即座に意図を理解して、部下を連れて老人の元へ行った。

「考えて答えた方がいいぜ。これが最後だからな」

「断じて断る！」

大佐は見かけだけではなく、確かに筋金入りだった。既に周囲に迫っていたワイラー達すら無視して、怒鳴った。

「私はフォレスタ陛下に忠誠を誓った身だぞ。今になって信頼を裏切ることはできぬっ」

そこでワイラーが肩を押さえてもまだ怒りに震えていた。座ろうともせず、その場に立ち続けている。

「まあいい。まだ話は終わっちゃいない」

大佐を完全に無視して、ロランはまた少将や大臣達を眺めた。軍服姿の少将や、粋なスーツにマント姿の大臣達に、いま一度視線を走らせる。

「さて、他に自殺志願者はいるかー？　いるなら、今のうちに起立しろ。最後の機会だ。この後で俺は、連合の使者に会議の結果を報告する手筈《てはず》になってるんでな」

ロランが最後通告を突き付けると、おずおずと立ち上がる者が、ばらばらと出た。軍人は叩き上げが多く、文官は書記官や補佐官クラスで、十数名いる大臣は、例外なく俯いてエトワールの視線を避けていた。軍人連中はもっとひどく、あからさまにロランに笑顔を向ける者までいた。……つい十分前は怒りの表情だったのに、随分な差である。

積極的に賛成の声を出す者こそいないが、机を見つめている者も、立たない以上は反対ではないわけだ。

「さて、自分の運命の選択は終わったかな」

なおしばらく待ち、ロランは破顔して頷いた。

「よし、ならばこれで決まりだ。おい、ワイラー？」

「はっ！」

まだ大佐のそばにいたワイラーに、ロランは簡潔に命じた。

「いま座ってるヤツらは、俺と殿下を除き、全て帝国の裏切り者だ。全員、反逆罪できりきり逮捕しろ」


「ははっ」

ワイラー中尉は義憤に燃える声で返す。

「喜んでそうしますとも！」

「な、なにっ」

「どういうことか！」

至近に座っていたトスカン少将達四名が、目を白黒させた。

「どういうことかもクソもなかろうよ」

ロランはニヤニヤと制服組を眺める。待ってましたとばかりに戸口が大きく開き、さらに大勢の兵士が中に雪崩《なだ》れ込んで来ており、大臣も軍人も一切問わず、容赦なく捕縛していく。

「おまえ達、殿下の目の前で思いっきり反逆したじゃないか。これほど確かな証拠はないよなぁ。ですよね、殿下？」

いきなり振ると、エトワールは黒瞳を瞬《しばた》いた。急激な変化についていけない様子である。

きょとんとして罵声《ばせい》が満ちる軍議の間を眺めていた。

「え、えーと……つまりこれ、テストみたいなものだったの……ね？」

今頃わかったのかよ、という風にロランは顔をしかめてやった。

「当然！　まさかこの俺が裏切ったなんて、本気で思ってなかったでしょうな？」

いささかドスを利かせて問うと、エトワールはやっと笑ってくれた。口元に手をやり、声を上げて。

「……ロランはそこまで器用な人じゃないもの。私はただ、何が始まるのかわからずに、驚いていただけ」

笑顔のエトワールに希望を見いだしたのか、暴れていたトスカンが喚いた。

「殿下っ。この下級兵士共をお叱《しか》りくださいませっ。私は帝国を裏切る気などありませぬっ。先程の話は、単なる検討課題かと思っていただけなのです」

他の少将や大臣達も、おおむね似たようなセリフでもってエトワールに哀訴していた。この際、ロランに頼んでも無駄だと思ったのだろう。その判断は正しい。

「殿下、後生ですっ」

「せ、せめて陛下のお目覚めを待ってご裁可を」

ロランはじろっと間近のトスカンを睨んだ。

部下二人に拘束され、あまりに暴れるものだから、制服のボタンが外れるわ下着までズレてへそが見えているわ、威厳の欠片もない。

汗まみれの元少将を皮肉に眺め、ロランはエトワールに囁く。

「ああいうの、二枚舌って言うんだぜ。知ってたか」

「……覚えておくわ」

エトワールはうんざりしたように返す。

優しいエトワールも、さすがに彼らを弁護する気にはなれないようだった。

救いの手は最後までなく、かつての重鎮は騒々しく引っ立てられていった。

最後にワイラーが一礼して、静かにドアを閉めた。

「これで城内も少しは風通しがよくなるだろうさ。はははっ」

ロランが明るく笑うと、エトワールも釣られて少し微笑んでくれた。

しかし、テストをパスして残った者達は大半が不安そうな様子だったし、ヨハン大佐などはむしろ渋面でロランを睨んでいた。

まあ、おおよそ5分の1も残らなかったし、その残った者もさして高官はいないとなれば、それが普通の反応だろう。

「大佐、なんか文句でも？」

「……この急場に、非常の行動が必要だったのはわかるが」

大佐は苦々しく呟く。

「将官や大臣クラスが大量に捕縛されれば、政務に影響も出よう。もっと他にやりようがあったのではないか」

「あったとしても、俺に思いついたのはコレだけでね。それに、あんたもほのめかした通り、裏切り者が出るのは時間の問題だった。陛下はとうにお見通しだったんだ」

ロランはフォレスタが残したメモ書きのことを教えてやった。あれには、ここ最近になり、密かに連合の将校と会っていた文官や武官の名が連ねてあったのだ。

「わかったか？　今は『政務に影響が〜』なんてぬるいことを言ってる時じゃない。国が滅ぶかどうかの瀬戸際なんだ。俺のやり方はとんでもないかもしれんが、放置してたらヤツらの大半は、どうせもうすぐ敵に寝返っていたさ」

大佐はそっぽを向いたまま答えなかった。

彼も……いや、常に国のことを考えている彼だからこそ、同胞の動揺ぶりは早くから気付いてたのだろう。それきり、黙り込んでしまった。

「大佐の理解も得られたところで、今日のところはひとまず解散——」

機嫌よく閉会を宣言しようとしたロランだが、あいにくそうはいかなかった。

ノックを飛ばしていきなりドアが開き、出ていったばかりのワイラーが転がり込んできたのだ。若々しいハンサム顔が汗まみれだった。

「ロラン大尉ぃぃいいいっ」

「……中将になったと言ってるだろ、馬鹿」

ロランは顔をしかめた。

せっかく、後はゆっくり一杯ひっかけるかと思ったのにこれである。

「一服するつもりだったのに、騒々しいんだよっ。敵襲以外は後にしろ」

「その敵襲ですっ‼」

ワイラーはすかさず喚き返した。

さすがに沈黙したロランに向かい、大声で伝える。

「国境に一番近いヴァシュタール砦《とりで》から電信信号が届きましたっ。商業都市連合は軍備を増強した上、ＬＴ兵器を装備した部隊を先頭に再進撃を開始——このままだと、早ければ明日にはこの王都へ到着しますっ」

ヨハン大佐を初め、エトワールや残っていた文官達が一斉に椅子を鳴らして立った。

「ほ、本当なのっ」

エトワールの質問に、ワイラーが何度も頷く。

やがて、皆の視線は一致してロランに集中した。

行儀悪い姿勢で一人だけ座したまま、ロランは眉をひそめて見渡した。

「なんだよ、俺のせいじゃないぞ？」

「寝ぼけてるんですか」

驚いたことに、大佐がロランに敬語を使った。ただし顔は相変わらずのしかめっ面《つら》だし、セリフは罵倒だが。

「陛下が療養中の身となれば、軍部の誰かが防衛戦の指揮を執らねばなりません。そして現在のところ、軍の最高位は——」

大佐は渋々といった風情《ふぜい》で先を続けた。

「与太話でなければ、中将を拝命したばかりの貴方《あなた》だ」

ロランはげっと思った。

本気で忘れていたのだ。中将のことではなく、指揮権のことを。確かに軍部の最高位となれば、そういうことになるだろう。むしろ、思い至らなかったのが不思議なほどである。

当然ながら、フォレスタは防衛戦もロランにやらせる心づもりだったはずだ……今頃気付くのも、遅いが。

「うわ……めんどくせー」

ロランは思わず呟き、お陰で皆に睨まれた。

☆

そのうち、さらに詳しい続報が届いた。

国境で、一隻とはいえスカイシップを落とされたせいか、今回の連合軍は騎兵と歩兵を先頭に立てている。そして、先陣の中にはLT兵器を装備した部隊が見えると。

砦からの報告では、その部隊の兵数はごく少ないものの、どうやらフォレスタ国王が負傷する原因となった、恐ろしいビーム兵器も見えると。それと、後は拳銃《けんじゅう》が少々。

もちろん、大半を占める正規軍は長剣や弓に槍《やり》といった昔ながらの武装だが、代わりにこちらはやたらと数が多いそうな。

残念ながら、ヴァシュタール砦からの信号はその辺りで途絶えた。連合の進撃に伴い撤退したか……あるいは、最初の血祭りに上げられたかもしれない。

砦からの最後の暗号通信は、以下のように締めくくられていた。

『本国からの増援を含め、敵の地上部隊の数は……およそ、十万』


「やけに数が多いじゃないか」

ロランはボヤいたものである。

もっとも、フォレスタの負傷後、ロランとエトワールが帰還するまではいささかの間があった。連合はその間にただ休息していたのではなく、援軍を待って軍備を増強していた、ということだろう。

いずれにせよ、五年に及ぶ連合との戦いの歴史の中で、ついに王都失陥の可能性が現実味を帯びてきたわけだ。緊急遷都という非常手段もあるが、第二時代より連綿と続くクラウベン帝国の歴史上、アレクセンは常に帝国の王都として栄えてきたのだ……そう簡単に捨てられるはずがない。

つまり、防衛戦は避けられそうもない。

ただしロランは、王都で防衛するという手段を採るつもりはなかった。


中将となったロランは、しかし残存兵力をかき集める方は、ヨハン大佐に一任した。どうせ防衛準備は前から進められていたし、成り立ての中将がうろうろしてても、邪魔なだけだ。

代わりにロランは、連れてきた魔族達の元へ戻った。

ワイラーに尋ねると、何と彼らはまだスカイシップにいるという。宿舎を手配しようとしたワイラーを無視して、船から一向に出てこないのだと。

……いきなり何をスネ出したんだ？

そんな心配までしたが、ロランが船に戻ると、まるでそれを察知したかのように、シオンが船の下で待っていた。

「お疲れ様です……我が君」

低頭し、微笑む。

ロラン一人のせいか、気安かった。

「会議でのご様子……かっこよかったです」

「見てたのか⁉」

「そばの部屋まで行けば透視も可能だし、話の内容も聞けますわ」

「いいけど、あまり妙な場面は覗《のぞ》くなよ？」

シオンの頭に手を置いて言うと、ロランは船上を見上げた。

「みんな、どうして出てこない？」

「ただ、人間と親しく交わる気がしないだけかと」

「……そういうことか」

ロランはため息をついた。

これでは先が思いやられる。

「まあ、それは後だ。おい、誰か梯子を……うわっ」

「失礼します」

突然、身体が宙に浮いた。

シオンがロランの腕にしがみつき、ふわりと浮き上がったのだ。ロラン自身も体重がないかのごとく上昇していく。魔族がインストラクション・コードを必要としないのを思い出したが、それにしても驚くほど簡単に力を振るうものだ。

「ま、魔族ってのは便利なものだなぁ」

スカイシップの甲板に降り立ち、ロランは独白する。シオンが不思議そうに小首を傾げた。

「ロランさまも、本来は魔族ですわ。いえ、今だって魔王であらせられます」

「ま、魔王ね……」

ロランはちょっと仰《の》け反りかけた。第二時代に全世界を震撼《しんかん》させた魔族である。自覚もないのに、その親玉の魔王だと言われれば、ロランでなくとも驚く。

「しかも、あらせられますて。……俺にはまだ、記憶が戻ってないからなぁ」

帰還途中にシオンが、「ロランさまは敵、つまり人間世界のことを知るために、わざわざ転生なさったのです」と教えてくれた。

敵を深く知るために、あえて人間に生まれ変わったのだと。しかも、ロランとして生まれたのが、既に人間としては数度目の転生に当たるらしい。

ジョセフ……つまりロランの祖父がシオンに残した手紙には、そこまで書いてあったそうな。そうなると、ロランが生前に「じーさん」と呼んでいた祖父の正体も、だいぶ怪しくなる。魔族、あるいはその身内だったのかもしれない。しかしロランは、その先はあえて訊かなかった。じーさんはじーさん……ロランにとってはそれでいい。

ただ、じーさんの謎《なぞ》は置いて、転生の話はロラン自身には意外と違和感は無かった。そう、最初の驚きは当然としても、落ち着いてみれば「そういうこともあるかもしれない」と、割と素直に受け取ることができたのだ。

これまでの生涯で常に「ここは俺の居場所ではない」と思ってきたが、なるほど、そういう理由があったのかと。得体の知れない孤独感は、それが原因だったのかと。

人間世界に混じった孤独な魔王……それが自分の本性だったのなら、異邦人のような寂寥《せきりょう》感がいつも胸中を満たしてたのも、無理はなかろう。

ただし、それはあくまでロランの感想であって、エトワールは別である。彼女は、魔王関係の話を断固として認めていない。

未だに「与太話」と決めつけているほどだ。それどころか、その手の話が出るだけで、不機嫌極まりない顔をする。どうも、ロランが仮王のヴェルガンと戦っている間に、何か嫌なものを目撃したらしい。

「我が君」

そっと袖《そで》を引かれて、ロランは我に返った。

「おっと……すまんすまん。どうした？」

シオンは当たり前のように両手を差し伸べた。

「抱っこ」

……いや、抱っこって。

仮にもおまえ、かつての魔王の右腕だったそうなのに。そう思ったが、ロランはシオンの望み通りにしてやった。今に限らず、もう慣れてしまっている。

というのも、断るとひどく哀しそうな顔をされるし、俯いて「以前は優しく抱き締めてくださいましたのに」とぽつりと寂しそうに呟かれるので。

古風なドレス姿のシオンを抱き上げ、船倉の方へ行こうとしたが、魔族達は向こうから現れた。キャビンから船倉から……続々と甲板に出てきて静かにロランの前へ整列する。本当に、別に誰が指図したわけでもないのに、とても従順だった。


「我が全能なる君よ……」


一人がそう囁き、ためらいもなく跪《ひざまず》くと、皆が一斉に倣おうとした。もちろん、ロランは慌てて止めた。

「わ、待て待てっ。船内で説明した設定を忘れるな、設定を！　俺は単に、アンダーワールドを解放した異人ってことになってんだ。目立つ真似はよせっ」

「失礼しました」

最初に眼前に片膝《かたひざ》をついた女性が、静かに立ち上がった。

……少女にしては身長があり、シオンと同じく青い髪をしている。ただし、こちらはシオンよりも遥かに濃い青色だったし、やや癖毛でもある。目も赤くはなく、蒼黒《そうこく》ともいうべき濃い色だ。魔族に共通することだが、こいつも見惚《みほ》れるばかりの美形だった。

胸と腰を、肌と一体化した生地が覆っていて、そこに何本かのラインが入っていた。元は小さい魔装具が全身に展開した形であり、ロランは最初「バトルスーツ？」などと思っていたが、正確にはマジックスーツなのだそうだ。

素肌に見える部分も、ちゃんと透明な素材で覆われているらしい。最初にロラン達が見た、首筋まで漆黒のスーツで覆われたタイプもあるにはあったが、実は眼前の女戦士のような分離式（というか胴体部分がほぼ透明素材）が一番多かった。

とはいえ、そういう説明を聞いたところで、ロランにはきわどい水着姿くらいにしか見えない。幸いというかなんというか、男はそこまで露出度は高くないが、基本は同じマジックスーツだ。

ただし、他の者が漆黒のマジックスーツなのに、眼前の少女は銀色だった。

それと飾りのつもりか、胸元から下半身にかけて、バラの花に似た模様が散らせてある。

「視覚的には何の文句もないな」

「……は？」

「いや、こっちの話だ」

ロランは慌てて首を振る。抱き上げたままのシオンと目が合ったが、エトワールと違い、特に目くじらを立てた様子はなかった。

「ええと、おまえの名前はなんだっけか？」

「フューリーです、我が君。いえ、ロラン様」

はきはきと返す。

背後の仲間達より前へ出ているということは、シオンを別としては（この中では）指揮官クラスなのだろう。魔族の実力主義は、本当に厳格で厳しいと聞く。

「よし、ではフューリー……とおまえ達」

背後の男女の群れを見やる。

ヴェルガン打倒後、あの場で臨時にかき集めた集団だが、シオンによれば「実力はそれなりに保証します」だそうだ。

実は、魔族の最精鋭はヴェルガンを嫌い、アンダーワールドの他の地方に潜伏しているそうなのだ。今回、そいつらにまで声をかけている暇がなく、それどころか期待していたＬＴ兵器も調整が必要ですぐには使えないらしく、ロラン達は結局、その場で手勢を集めて戻ってきてしまった。

悠長に兵器の調整を待ったり、別地方へ出向いて募兵している場合ではないからだ。今一つ不安は残るが、こうなると戦力としてアテにしないわけにはいかない。おいおい、他のヤツらも来てくれる……だろう。

ロランは甲板を埋め尽くした百名ほどの魔族に向かい、檄《げき》を飛ばした。

「到着早々で悪いが、早速、おまえ達の力を借りる時が来た。敵は……商業都市連合十万だ」

言葉を切り、彼らの反応を窺《うかが》う。

頼もしいことに、驚いた顔をするヤツはシオンを含めて誰もいない。

というか、代表としてフューリーが訊いたのは、わずかに一言だけだった。

「指揮はシオン様が？」

「シオンも同行してもらうが、直接の指揮は俺が執る」

「ロラン様が⁉」

フューリーを初め、動揺が走った。

なぜだか理由は不明だが、今の今まで物静かに立っていた魔族戦士達が、明らかに激しく心を乱していた。仲間達と興奮したように肩を叩き合う者や、小さく悲鳴を上げて口元を押さえる女性、あるいは顔を覆ってしゃがみ込んでしまう者等々……とにかく、随分な反応である。

呆れてフューリーに訊こうとすると、なんと彼女は、目尻《めじり》に涙を浮かべていた。

「な、なんだよ……」

ロランは、思わず何歩か後退《あとずさ》る。

こいつら大丈夫か？　ヤバい薬でもやってるのか。

反射的にそう思った。

「当然の反応ですよ」

腕の中で、シオンが囁いた。

彼女自身も薄赤い瞳をきらきら輝かせ、だいぶ高揚しているらしい。

「よくお考えください……人間世界で言えば、皇帝親征も同然。ましてや魔王の座は、皇帝ごときが霞《かす》む重さです」

……ロランが初めて、「俺は本当に過去のいつか、魔王だったのかもしれない」と感じたのは、後から考えるとこの時だったかもしれない。

感激に震える魔族達を見て、ロランは言葉もなく立っていた。

戸惑い以外にも、ある種の感動もあった。眼前の光景は、かつて聞いた魔族の噂話《うわさ》を一蹴《いっしゅう》するものだったのだ。

こいつら……なんて純粋で素直なヤツらなんだ。人間の方がよっぽど醜いじゃないか。

先程のトスカン少将達の醜態を思い出し、ロランは強くそう思った。

Chapter 2

トゥールの奇襲

王都アレクセンに最も近い北方の街は、馬の足で半日足らずの距離にあるトゥールという街である。

言うまでもなく、フォレスタ国王の敗戦からこっち、トゥールの住人は続々と避難を開始し、王都に逃げ込み始めている。そのまま街に留《とど》まり続ければ、連合の進撃途上に当たるトゥールが蹂躙《じゅうりん》されるのは、目に見えているからだ。

過去の例を見ても、連合の占領行動はお世辞にも穏やかとは言えず、どこかの街が陥落する度に、兵士によるひどい略奪が行われている。家財を奪われ、家を焼かれるくらいならまだしも、大した理由もなく殺されることも多いのだ。それを知る住民は、好むと好まざるとにかかわらず、住み慣れた街を捨てて逃げるしかない。

そして今、連合軍が再進撃を開始したことにより、トゥールの街の住民が今までにもましてアレクセンに押し寄せてきていた。

宮中でも民政担当の文官達が急遽《きゅうきょ》、学府の学舎などを開放して受け入れているが、混乱は一向に収まらず、しかも大量の避難民を見た王都の住民までが、釣られて怯《おび》え始めている。

いかに負け戦が続いているとはいえ、まさかこの王都にまで敵が迫ってこようとは、彼らは想像だにしていなかったのだ。しかし、北方の街から続々と避難民が押し寄せてきているとなれば、もはやこれは差し迫った現実である。

このまま放置すれば、十万の敵軍が明日にはここにやってくるのだ……逃げてきた街の住人から情報を得て、今や白亜の都は大騒ぎとなっている。

実はオーヴィル城内は、それに輪をかけて大混乱に陥っている。日が沈み始めると、早々と逃げ出す輩《やから》が軍人や文官を問わず、ひどく多かった。馬が入手可能なら馬で、それが無理なら足早に城門を出て、ひたすら南を目指した。もちろん、持てる限りの財産をマントの下に隠し、着膨れしてだ。

そんな姿で堂々と城を見捨てる者が続出すれば、エトワールが不安に思っても当然だろう。

しかし出陣を控えたロランは、泰然として告げた。

「逃げたいヤツはとっとと逃げればいい。そんなヤツが残ってても、どうせ役に立たん」

「でもっ、凄《すご》い数よ！　なんだか本当に城内が空っぽになっちゃいそうで」

城内の広場で、いままさに騎乗しようとしていたロランは、笑って首を振った。

「ならないさ。現に、頑固者のヨハンじーさんのようなヤツだっている」

ロランはわざとらしく、エトワールの背後に顎《あご》をしゃくる。

そこには、自分ももうすぐ出撃する癖に、わざわざロランの出陣を見送りに来た、ヨハン・クリスチャンセン大佐が立っている。いや、それだけではなく、副官のワイラー達もいた。

「何度も言いますけど、自分も一緒に行きますよ隊長！」

ワイラーは意気込んで述べたが、ロランはまた首を振った。

「駄目だ。おまえはここに残り、王女様を護衛するんだ。俺《おれ》が留守の間、他《ほか》に頼めるヤツがいない」

ワイラーはなおも言い募りかけたが、ロランの顔を見て、やむを得ずといった様子で口を閉ざした。自分も同行して戦いたくて、うずうずしているらしい。

ちなみにロラン自身は、魔族の精鋭百名超を率い、先陣を切る。それどころか、実は最前線で戦うつもりでいる。

エトワールには内緒にしていることだが、なぜか薄々バレているようで、今日の彼女はなかなかあきらめなかった。

「じゃあ、今度も私が一緒に行く。叔父上の代理として。……ねぇ、いいでしょ？」

鐙《あぶみ》に足をかけようとしていたロランは、呆《あき》れて振り返った。今日のエトワールはふわふわした短いスカートに、薄手の青いチュニックという姿である。そんな服装の癖に、なぜか剣帯を装着して長剣をぶら下げている。戦時だからといって妙な格好をするヤツだと思っていたが、なんとこの姿で戦うつもりだったらしい。

「え……駄目かしら」

一瞬、きょとんとしたが、エトワールはあきらめなかった。

「それなら、誰《だれ》かにレザーアーマーでも借りてくるわよ！　第一、ロランだっていつもの平服じゃないっ」

ロランがマントの下に着ているのは、刺繍《ししゅう》入りのカフスを大きく折り返したシャツと、二列に並んだボタンが目立つウェストコート……つまり、いつもの服装である。

「俺はいいんだよ、俺はっ。指揮官が自分で剣を振るような状態になったら、その戦はもう負けなんだからっ。だから俺は平服でいいんだ！」

「嘘《うそ》ばっかりっ。ロランは、後方でのほほんと観戦する人じゃないわ！」

バレバレである。

ロランもさすがに言葉に詰まった。実際、指揮官といっても、のんびり戦闘指揮などする気は全くない。

弱ってしまったが、意外にもヨハンが王女を窘《たしな》めた。

「殿下、失礼ながら殿下が同行しますと、中将は戦闘に集中できなくなる恐れがあります」

はっとした顔で振り返ったエトワールに、老人は淡々と説く。

「それはかえって、彼の生存率を低くすることになりかねません」

「……うっ」

今度はエトワールが言葉に詰まる番だった。

ロランは気をよくして、ヨハンに声をかけてやった。

「そういえば、言い忘れたことがあるぜ、じーさん。あんた、今日より少将ってことになった」

眉《まゆ》を上げる老人に、ロランはニヤッと笑ってやった。

「さっき、報告を兼ねて陛下にまたお会いしたのさ。こんな時だからな、あんたも二階級特進の大盤振る舞いだ……と言いたいが、あんたに限ってはまともな任命だろうよ。陛下自身がそう仰《おっしゃ》り、笑って了承してくれた」

「まさか……ロランが推薦したの？」

ヨハンではなく、エトワールが目を丸くした。

「日頃《ひごろ》から、大佐は大嫌いだって言ってた――あっ」

口元に手をやったが、もう遅い。ヨハン大佐改め少将は、なんとも言えない顔つきになった。

ロランは気にせず哄笑《こうしょう》した。曇天の夜空を見上げ、気持ちよく腹の底から。

「おお、今だって好きじゃない。小うるさいし、頑固者だしな。だが、他に昇進させて役に立ちそうな人材がいない」

ひらりと馬にまたがり、ロランはエトワールや仲間達を見下ろす。

「ちょっと留守にするだけだ。招かれざる客人を叩《たた》き出してすぐに帰る……待っててくれ」

「ロランっ」

エトワールは緊張した顔で見上げた。……というか、ひどく思い詰めた表情だった。

「もうわがままは言わないけど……口にしたからにはちゃんと戻ってきてね。仮に負けても怒ったりしないけど——し、死んじゃったら、私は本気で怒るわよ」

最後の方は、語尾が少し震えていた。

「大丈夫だ。俺ぁ傭兵《ようへい》上がりだって言ったろ、ボス。この程度の負け戦には慣れてるのさ。今だって、何の不安も感じないしよっ」

ロランは右手を挙げ、王女と仲間に最後の挨拶《あいさつ》をする。

この後、自分も出撃するヨハンはともかく、下手をすると他の者は今生の別れになるかもしれないのだが、ロランにそういう悲壮感はない。終始、笑顔だった。

ワイラーには特に、大きく頷《うなず》いておく。「警護を頼むぞ！」というつもりで。もちろん、ワイラーは敬礼して応《こた》えてくれた。

後は振り向きもせずに馬を駆り、ロランは少し離れた場所に固まっていた魔族達の元へと行く。全員、畏怖《いふ》の目つきでロランを眺めた。偽装のために、マジックスーツの上に市民が着用するようなマントやローブを羽織る者も多い。

それまでは仲間と雑談していたが、ロランが来るなり目を見張り、こちらの一挙一動に注目している様子である。なぜかまだ全員が乗馬しておらず、馬の横で気をつけの姿勢なのが渋い。エトワールがどう言おうと、彼らがロランを魔王だと信じているのは間違いなかった。

まあ、あまり気にしないことにして、ロランはフューリーを見た。

「フューリー、シオンは？」

「……御前に」

微《かす》かな囁《ささや》きがしたと思うと、上からドレスが降ってきた。いや、本当に降ってきたとしか思えない唐突さで、ふわりと鞍《くら》に着地する。ロランに抱え込まれるような位置であり、一瞬で相乗りの態勢になっていた。

「ロランさま」

シオンが微笑《ほほえ》む。

いつもの豪奢《ごうしゃ》なドレス姿で、こいつこそ全然、戦に臨む格好ではない。ロランは口を開けたが、結局また閉ざした。いや……こいつに限っては、別にどんな格好でも問題はないだろう。

「ちょっとロランーーーっ。あなたねぇ、そんな子供を連れて行くなら、私を連れていけぇええええっ」

後ろの方でエトワールの喚《わめ》き声がした。

完全に無視して、魔族――いや、仲間達に号令する。

「第一陣、乗馬だ！　かつて、世界中を震え上がらせた実力を、敵に見せてやれ‼」

返事も聞かず、ロランは駆け出した。

戦のまっただ中に飛び込む予感で、既に心は躍っていた。

☆

トゥールの街へ向かうなら方角は北だが、ロランは百名少々の魔族を細かく細かく人数分けして、各自、逆の南方へと走るように指示してある。

理由は簡単で、おそらくはアレクセンの街に潜んでいるであろう、スパイの目を欺くためだ。ロランの意図とは別に、既にオーヴィル城内からは（本当の意味で）逃げ出す者が大勢出ている。ロラン達もまた、その一部だと誤解してもらえれば助かるのだ。エトワールの心配をロランが一蹴《いっしゅう》したのは、そういう理由もある。

ロラン達奇襲部隊以外にも、ヨハン少将旗下の部隊が同じ方法で、王都を南へ抜けている。彼らは彼らで、後で別のルートから大回りして、再集結を図るだろう。

「しかし……別にそんな偽装必要なかったかもな。街中、逃げるヤツばっかだ。こりゃ、俺が敵でも油断したかもしれん」

馬を駆りつつ、ロランは呟《つぶや》く。

もう夜も更けつつあるというのに、王都は眠るどころではなかった。そこら中、荷馬車や裸馬に荷物を満載した市民で溢《あふ》れている。もちろん、馬を持てるほど余裕のない民はありったけの食料や貴重品を背負い、前屈《まえかが》みでよたよたと歩いている。一人だけならまだしも、家族連れで互いを支えるようにしてよろめき進む様は、まさに亡国の兆《きざ》しを見るようだった。

小さな子供連れも多く、彼らも眠い目を擦《こす》りつつ、親に手を引かれて歩いている。不思議と、ぐずって泣く子供は少ない。皆、教えられずとも、この先に何が起こるか知っているようだった。言われずとも、全員が足早なのがその証拠だ。

馬上にあるとはいえ、鎧姿《よろい》ではないロラン達も王都を捨てる集団だと思われているのか、群衆は誰もこちらを顧みない。

それは有り難《がた》いことなのだが、お陰でロランは、南門に辿《たど》り着くまで相当の苦労を強いられた。街路を塞《ふさ》ぐ市民達の間を縫うように進む必要があったため、思うように先へ進めなかったせいだ。

ようやく王都の南門から脱出を果たした時、ロランは大いにほっとした。そのまま暗い街道を進み、尾行の有無を確かめてから大きく迂回《うかい》する。そして目立たぬ枝道を通り、今度こそ北方を目指した。

駆けつつ、ロランは脳内で地図を思い描く。

最も奇襲の勝算が高いのは、トゥールの街の東側から侵入することだろう。なぜなら、街の東側は湖が広がっており、警戒レベルが一番低いはずだからだ。

「……でも湖がなぁ。まさか今から船を雇うわけにもいかないが」

ロランが独白すると、シオンが顔を上向けた。

「進入路のことですか」

「あ、ああ。よくわかったな……奇襲を狙《ねら》うなら、東側がベストなんだが」

「御意のままに……湖なら、空を舞って渡れます……」

静かに微笑むシオンに、ロランは唖然《あぜん》とした。理解の早さにも驚くが……その解決方法にはさらに驚愕《きょうがく》する。

「いや、レビテーションを使っても、あそこを渡れるほど長く浮遊は」

言いかけ、ロランは気付いた。

待て……俺が率いているのは人間じゃないのを忘れるな。第二時代に人類を滅亡寸前まで追い込んだ、魔族達だ。人間の常識は、決してこいつらの常識じゃない。湖を飛行して渡るくらい、簡単にやってのけるかもしれない。

ロランは闇《やみ》の中で声を上げて笑った。

「いいだろうっ。なら東からで決定だ！　これでだいぶ勝率が上がった」

「当然です」

シオンは優しく返す。

「我が君が指揮なさる戦いに、敗北などは有り得ません」

思わず眼下を見る。

シオンはうっすらと微笑み、相変わらず優しい目でロランを眺めていた。

明かりもロクにない道を急ぎに急ぎ、ロラン達は当初の遅れをなんとか取り戻した。形としては奇襲だが、味方との連携が必要な作戦なので、遅れると面倒なことになるところだったのだ。幸い、タイミングがズレる可能性は低くなった。

湖畔の東側に広がる森の終わりまで来ると、陰鬱《いんうつ》だった枝葉ばかりの景色が一気に広がり、湖が見えてくる。ロラン達は、前方に目指す湖を見た。セヴィール湖という名の淡水湖で、一周するのに大人の足で二時間はかかるらしい。

天気は悪化の一途を辿っており、夜の湖上には霧も出始めている。渦を巻くように白い靄《もや》が漂っていて、視界はほとんど利《き》かない。これでは仮に向こう岸に見張りが大勢並んでいたとしても、こちらに気付くどころではあるまい。

それにどのみち、そちらの心配は薄そうだった。森を抜けた途端、セヴィール湖の対岸から、連合軍共の馬鹿《ばか》騒ぎの声が聞こえたのだ。もはや深夜になろうというのに、早くも戦勝気分で浮かれているらしい。

ふざけた話だが、なにしろ開戦以来、連合軍が帝国軍に大きな敗北を記録したことはない。明日には王都を囲もうとかという勢いだし、彼らにしてみれば無理もないかもしれない。

——そうはいくかよっ。

ロランは前方を睨《にら》んだまま、バテ気味の馬を駆って最後の森を抜けた。後は、湖畔まで砂地が続くのみである。

「シオンっ、そろそろ湖だぞ！」

「……我が君はそのまま速度を緩めず、真《ま》っ直《す》ぐにどうぞ」

「真っ直ぐって、もうすぐおまえ」

言いかけ、ロランは首を振った。

まあいい……そう言うなら、余計なことは考えまい。

ロランは勧められるまま、真っ直ぐに馬を駆る。背後に追従する魔族達も、馬足を緩める様子はない。

靄で霞《かす》む湖面まで指呼の距離となった時、いきなり音が消えた。さっきまで蹄《ひづめ》が大地を蹴《け》る音でそれなりにうるさかったのに、ふっつりと静かになったのだ。

「なんだ⁉」

反射的に眼下を見て、ロランは息を吸い込む。

……いつの間にか、馬ごと宙に浮いている。まだわずかな高度ではあるが、こうしている間にも、前進しつつ上昇している。もはや湖面も眼下に来ていた。

呆れて前に座るシオンを見ると、彼女の薄赤色の瞳《ひとみ》は、既に真紅に染まっていた。しかもドレス姿全体が淡く光っており、薄青の髪も重力に逆らい、ふんわりと広がっている。

魔力を全開で発揮中の彼女は、神々《こうごう》しくすら見えた。

ゆっくりと振り返ってみる。

髪をなびかせたフューリー以下、皆が当たり前のようにちゃんとついてきていた……もちろん、同じく空を舞いつつ。

……シオンのヤツ、一人で百名超の人数をレビテーションさせてるのか⁉

ロランは少なからず驚く。

というか、そもそも騎乗中の馬は今だって、何もない空を蹄で蹴って進んでいる。魔法のレビテーションとはまるで違う。魔力で空を駆けているという方が正しいだろう。それも、馬込みでこれだけの人数が。

ロランはヴェルガンとの戦い以来、魔族の力を本当の意味で実感した、してしまった。

エトワールを救うためとはいえ、俺はとんでもないヤツらを連れてきてしまったのかもしれない。頭の隅でふとそう思った。

思ったが——やはり心はただひたすら高揚し、後悔などはまるでなかった。

……とにかく、今のところは。

湖を渡りきって岸辺に至ると、馬はロクに音も立てず、次々に砂地に降り立った。

ロランは早速、腕の中にいるシオンに囁きかけた。

「シオン。まずはおまえが先行して、一番やっかいなビーム兵器とやらの様子を見てきてくれ。もちろん、安全な上空から一通り見て、戻ってくればいい」

シオンはゆっくりと妖艶《ようえん》な笑みを広げた。

ロランを仰ぎ見て、目を細める。

「お任せください、我が君。やっかいなＬＴ兵器は、このシオンが片付けてきましょう」

「いや待て。なにも無理する必要は」

ロランは慌てて止めかけたが、もう遅かった。

シオンは早くも夜霧の中を浮上し、猛スピードで街の方角へ飛び去った。

トゥールの街を占拠した連合軍も、さすがに全兵士が遊び呆《ほう》けていたわけではない。街を占領後、アレクセンの方角へ放っていた複数の斥候の報告により、彼らは早い段階で接近する帝国軍には気付いていた。ただし、彼らが発見したのはロラン達ではない。そもそもロラン達は軍装すらしておらず、王都内でスパイが見かけた時点でも、帝国軍の正規兵だとは思われていなかったほどだ。

☆

連合の斥候達が発見したのは、ロランと前後して王都を出た帝国軍の小部隊の方である。

しかも、斥候が見かけた帝国軍というのは一部隊がせいぜい数百程度の集団であり、さらには発見された方角がまるでバラバラだった。

南から北を目指す部隊もあれば、単に南へ向かう部隊もあり、さらには西よりの方角から大きく遠回りして接近する部隊もあったりで、少しも統制が取れていない。

単に逃げ損ねた部隊が方角を誤り、部隊ごとに迷走しているようにも見える。霧の夜だし、有り得る話だろう。王都に潜むスパイが送ってきた電文も、『帝国軍は軍人・文官の別を問わず、続々と王都を捨てつつアリ』と報告してきており、斥候の報告を裏付けてくれた。

――しかし、連合軍はこの時点で判断を誤っていた。

連合の斥候が発見したのは、王都の南門から別々に脱出を偽装した将兵達であり、全《すべ》ての部隊は、(斥候が発見した時点では)まだ合流ポイントに到達していなかっただけの話なのだ。

いや、もしも彼らが最初から集団となって北上していても……相変わらず、連合側はさして緊張しなかったかもしれない。

なぜなら、この時に北上していた帝国軍を全て合わせたところで、せいぜい数千程度に過ぎない。連合とはアリと象の差である。

それでも一応、当直の連合士官達は、街の南に布陣していた味方に、敵の夜襲を警戒するよう、命じはした。逆にいえばこの時、連合軍の監視の目は、全て王都アレクセンの方角、すなわち南へ向いていたことになる。

まさか、発見されたそれらの部隊が囮《おとり》も兼ねているとは、誰も予測していなかった。

ましてや、湖を渡ってくるロラン達などは、この時点では誰一人として勘付いてはいなかったのである。

住民が逃げ散った街で酒盛り中の仲間を呪いつつ、一部の兵士達は薄霧の中を監視していた。

見張りの兵士達は街を南北に縦断する街道を封鎖し、アレクセンの方角へ目を光らせている。とはいえその彼らも、これだけの大軍が布陣する中、今になって敗残の帝国軍が攻めてくるなどとは信じてない。上官から「今晩は特に王都の方角を警戒するように」と命令があったものの、そんなのは見張りをサボらせないための脅しだと思っている。

特に、街の外――その最南端で見張りに当たっていた十数名は、深夜の立番に飽き飽きしていた。

「だいたい、なんで俺達の部隊だけ街の外で見張る必要があるんだ。友軍のほとんどは、酒盛りしてるか爆睡してるかだってのに」

我慢できずに一人がボヤくと、たちまち皆が同調した。

隣の男が、街から聞こえる酔っぱらいの騒ぎ声に舌打ちする。

「住人は根こそぎ逃げた後だしなぁ。美人の一人もいねーときた」

「おおよ。おまけに残された家には略奪できそうなものもないし」

「それでも、街で飲める連中はマシだろっ。不公平だよな！　全軍こぞって一晩休ませるべきだろうに。下っ端《したっぱ》の俺達ばっか酷使しやがってよ」

反射的に、男は己の胸元を眺める。そこには、下士官にすら届かない下級兵士の証《あかし》である、一筋の黄色い記章があった。

うんざりしたように吐き捨てる。

「手柄を立てたくても、見張りじゃどうしようもない。だいたい、俺達の背後には切り札のLT兵器だって鎮座してるんだ。どんな命知らずが来るって――」

「おい待てっ」

最初にボヤいた兵士が、仲間を遮った。

「……霧の向こうに誰か立ってるぞ」

「なにっ」

「どこだどこだっ」

「手柄になりそうなヤツかっ」

それぞれやや緊張感を取り戻し、腰の剣に手をかけた。言われてみれば、確かに前方に誰かが立っている。

さっきまで誰もいなかったのは、全員が確認している。天から降ってきたか、と思う唐突さだった。そいつは、白い霧を纏《まと》うようにして、静かにこちらを見ている。

皆が首を傾《かし》げたが……相手がたった一人とわかり、現金にも闘争心を剥《む》き出しにした。

「血祭りに上げて、手柄にしてやるっ」

「抜け駆けはよせっ」

「そうだそうだっ。みんなの手柄ってことに」

言いかけた若者の声が、そこで途切れた。

あまりにも意外なものを見て、たまげたのだ。

「……どこの迷子だよ」

フリルとリボンが満載のドレス姿の少女を見て、全員、見事にアテが外れた。髪が青く見えるのが奇妙といえば奇妙だが……帝国にはこういう人種もいるのだろう。それに、雅な王都の住人の中には、奇妙なことに髪を染める連中もいると聞く。

彼女は一見して、十代前半～半ばくらいだった。

街の外で何をしてたのかは謎《なぞ》だが……どちらにせよ、手柄首にはならない。

大注目を浴びつつ、彼女はゆっくりと歩を進めてくる。蝶《ちょう》の羽根のごとく結ばれた腰のリボンが、歩く度にふわふわと動く。

至近まで来ると、兵士達は思わず息を呑《の》む。驚くほど目鼻立ちの整った少女だったのだ。かがり火に薄青の髪がきらきらと反射し、前髪に半ば隠された切れ長の瞳は澄み切った薄い赤色をしていた。染《し》み一つない白い肌と相まって、人間とは思えないほどだった。

年齢に似合わず落ち着き払って見渡し、彼女は静かに告げた。

「おまえ達……光栄に思いなさい」

うっすらと微笑む。

背筋が寒くなるような凄みを秘めた魅力で、若者達は全員、否応《いやおう》なく注視した。

「第二時代にすら……シオンは数えるほどしか参戦してない。しかも、今宵《こよい》は我が君もいらっしゃるわ」

そこで彼女は、軽く目を閉じ、恍惚《こうこつ》とした表情を浮かべた。

何に感激したのか、小さく身体《からだ》を震わせる。

「敵とはいえとても栄誉なこと……なのよ」

言われた方は、例外なくいぶかしそうに顔を見合わせた。

「なあ、君。自分がどこにいるのかわかって――」

若者は言葉を切る。

女の子がふと右手を虚空《こくう》に向け、そこから何かを引きずり出すような仕草をしたからだ。

とんでもないものが出てきた。

目を擦ったが、彼の見間違いではない。何もない空中から引き出されたのは、なんと両手持ちのグレートソードだった。普通に考え、女の子が持てるような重量ではない。

しかし、この子は己の身長以上もありそうな両手剣を、片手で軽々と提げていた。柄の部分のみ、彼女でも持てるようなサイズだったが、それにしても刃の部分は見るからに重厚で、とんでもない重さには違いない。なのに彼女は、平然と手にしている。

「そ、それ、今どこから出したんだ？」

シオンは、彼の問いかけを無視した。

長大な剣を後ろに引き、ドレスのまま疾走した。彼があっと思った時には、もう眼前に少女が迫っていた。

「——おわっ」

彼が最後に目にしたのは透き通るような赤い瞳と、そして大剣を豪快に横薙《な》ぎにした跡……虚空に刻まれた銀の軌跡だった。

刃《やいば》が奏《かな》でる風切り音を聞く前に彼は——いや、彼を含めて四名が絶命した。腰から上を無残に横割りにされて。

「なっ、な」

「驚く暇があったら、反撃なさい」

冷静沈着な声が囁く。

「——うぁ！」

残りの数名も、自分の剣に手をかける間もなく、返す剣であっさりと同じ運命を辿った。

たちまちにしてそこにいた兵士を倒し尽くしたシオンは、しかし勝利感に浸るでもなく、眉をひそめて首を振る。

「……もろい敵」

むしろ、がっかりした口調で独白する。

だが、立ち止まっていたのは刹那《せつな》の間だった。騒ぎに気付いた後方の敵陣に向かい、シオンはさらに疾走を開始した。

封鎖地点から街の中へと、ほぼ刹那の間に突入している。

途中、異常を察知した敵の一団が走ってくるのに出くわしたが、そいつらは大きくジャンプしてパスし、さらにそのずっと後方——陣地内に置かれた四角い金属の固まりへと真っ直ぐに走る。黒々とした金属製のそれは、翼を広げた大型の鳥のように見える。胴体部分がやたらと縦長ではあるし、翼に当たる面積が小さすぎるが、形としては鳥に近い。

しかし、シオンはその正体を知っている。あの不格好な機械は、遥《はる》かなる昔に製造されたビーム兵器なのだ。今、蘇《よみがえ》ったその兵器は、車輪付きの木製の台座に据え付けられ、敵に備えて南へ向けられていた。

さすがに、今度は砲座の回りに大勢の連合兵士がいた。彼らはすぐにシオンに気付き、口々に警告を発している。既に抜剣している者も多数いた。

だが、シオンは一切、気にしない。

薄霧の中を猛スピードで駆け抜け、そのまま砲座の真横に躍り込む。そこで膝《ひざ》をたわめ、再び大きく跳んだ。人間では絶対不可能な高度まで舞い上がり、兵器の上で長大なグレートソードを頭上に振りかぶる。

「……我が君の邪魔はさせない」

落下しつつ、シオンが呟く。言下に、力任せに巨大剣を振り下ろした。その場にいた連合兵士は、LT兵器の上に残光が上から下へ走るのを見た。

最初は、何事も起きなかった――のだが。

シオンが着地して数秒後、蘇ったLT兵器はあっさり輪切りになり、轟音《ごうおん》と共に台座から崩れ落ちた。

声も出ない敵兵共を振り向き、シオンは微笑む。大剣を手に兵士の中心に佇《たたず》む彼女は恐ろしく場違いで……しかも息を呑むほど美しく、否応なく人目を惹《ひ》きつけた。

注目を浴びた少女が、平然と大剣を構え直した。

陣中のかがり火に、巨大な剣腹が鈍く銀色に照り返す。

「……次はおまえ達の番」

いつの間にか、沈黙が広がっていた。

その場にいた全員が本能的に後退《あとずさ》り、畏怖の目でシオンを見ていた。


セヴィール湖を渡りきった時点でシオンを先行させていたロランは、もちろんビーム兵器が破壊された轟音を聞いた。

ロラン達も見張りの兵士共を密《ひそ》かに倒した後で、馬の足下には敵の死体が幾つも転がっている。破壊音は、ちょうど見張りをあらかた片付けたところで耳にした。酔い潰《つぶ》れて騒ぐ兵士でごった返す街越しにさえ、実によく聞こえたほどだ。

最初の難関は突破したらしい。

「やったな、シオン！」

ロランは破顔し、早速、背後の魔族……いや、奇襲作戦の仲間を振り返る。

「聞いたか？　ＬＴ兵器で一番やっかいなのは無力化された」

フューリーを初め、冷静な魔族には珍しく、皆が嬉《うれ》しそうに頷いた。

ロランは一渡り眺め、

「今こそ、魔族の実力を見せる時が来た！　おまえ達、存分にやれっ」

「ははっ」

馬上とはいえ、一人残らず低頭した。

ただ、顔を上げた時、一番間近にいたフューリーが恭《うやうや》しく尋ねてきた。

「我が君、人間世界の戦い方は多少、ルールが違うと聞いております」

上目遣いにロランを見る。

「故に、念のためお尋ねしますが……捕虜を取る必要がありますか？」

ロランは顎を撫《な》で、高貴な猫を思わせる美貌《びぼう》の女戦士を眺める。おそらくこいつは、迂遠な問いかけをしている気がする。彼女は、本当はこう訊《き》きたいのだ。

『手加減しなくてよいですか』と。

何しろ、アンダーワールドから戻る際、エトワールがロランに散々、「戦いとはいえ、できるだけ人殺しは避けて～」等の注文を付けるのを聞いている。それを思い出したに違いない。

ロランは静かに、しかしはっきりと答えた。

「向こうが武器を捨てて全面降伏でもすりゃ別だが、向かってくる限りは容赦なく倒せ！　俺もそうする」

エトワールの顔が浮かんだが、敵に情けをかけている場合ではない。今は、自分達の方が危ないのだ。

フューリーは、蒼黒《そうこく》の瞳を好戦的に輝かせた。肌に密着したマジックスーツのお陰でただでさえ目立つ胸を大きく張り、嬉しそうに返す。

「御意にございます！」

気のせいかもしれないが、今にも抱き付いてきそうな喜びようだった。

「よしっ。ならおまえは幾人か連れて、連合のスカイシップを破壊してきてくれ。多分、街のどこかに停留してるはずだ」

フューリーは一瞬、大きく目を見張り、それから囁くように尋ねた。

「わ、わたくしにご命令ですか？」

「なんだよ、不満か？」

「とんでもありませんっ。すぐに！」

理由は謎だが、フューリーはなぜか小さく震えていた。まあ、戦いの予感に震えているのだろう……怯えているはずもないと信じたい。

ロランはただ頷いたのみで、後は顎を上げて前を見据えた。ポケットから懐中時計を出し、確認する。

「よし、時間だ！」

鞍に装着していた長槍《ながやり》を抜き出し、穂先を街へと向けた。

「俺に続けぇえええええーーーーっ!!」

ロランの号令一下、百余名の魔族軍は馬を駆って疾走した。

今宵の戦いは、かつての第二時代以降、魔族達の初めての集団戦闘となるのだが……ロランはこの時、そこまで意識していない。

馬のたてがみに顔を伏せるようにして、一直線に街を目指している。


この時、街の南側と同じく東側にも、数が多すぎて街に入りきれなかった部隊、千余名が陣を張っていた。

彼らはちょうど、シオンが起こした騒ぎのお陰で、全軍こぞって叩き起こされていた。気持ちよく飲んでいた将兵もさすがに酔いが覚め、泡を食って南側の陣へ応援に駆けつけようとしていたのだ。

時間は深夜ということもあり、かがり火が多少あるとはいえ、辺りはだいぶ暗い。破壊音のお陰で既に全軍がやや浮き足立っており、兵士達は最初から不安を覚えていた。

——そこを狙ったかのごとく、ロランは躍り込んだ。

白い靄を斬《き》り裂くようにして登場したロランの部隊は、まさに彼らにトドメを刺した。

馬の足音に気付いた兵達は、口々に誰何の声を投げかけてきたが、それに対してロランは哄笑しつつ怒鳴った。

「馬鹿野郎っ。こんな時に来るのは、敵に決まってるだろうが！」

既にホールドしていたインストラクション・コードを、全開放する。

「浮かれくさりやがって！　ちったぁ、反省しろっ。――ファイアーダンシングっ」

二筋の炎の激流が、闇夜に踊り狂うようにして渦を巻き、敵が密集するど真ん中に炸裂《さくれつ》した。

たちまち、悲鳴が湧《わ》き起こった。

しかも魔力の炎が大爆発した時、ロラン率いる魔族部隊の姿もちらっと見えた。

「て、敵だっ。ひっ、東から敵が――」

喚いた誰かは、ロランの背後から降ってきた爆雷により、瞬時に黒焦げになった。これがまた、コードの詠唱《えいしょう》も気配もなく、まさに降って湧いたように成された。ロランの胴体ほどもあるぶっとい雷光が飛来する様は、見ていたロランの背筋が寒くなったほどである。

「そうか、魔族はコードなんか必要なかったよなっ」

ロランは敵陣の中を駆け抜けつつ、長槍を振り回している。独白しながらでも、面白いように当たった。

まだ鎧を纏う前だったのか、ほとんどが普通の制服姿であり、防御力などは皆無に等しい。

ロランの槍は彼らの胸を刺し、腹を抉《えぐ》り、横薙ぎにした穂先で首を飛ばす。

傭兵経験を積んだロランは的確に急所を狙い、敵に反撃の隙《すき》を与えない。

「そらそら、どうした！　帝国軍のロラン・フランベルジュが挨拶に来てやったぞおっ」

たちまち薄闇の中に鮮血が飛び散り、大地を染めた。悲鳴や喚き声が陣中に満ち、まだ無事な者達の恐怖を煽《あお》る。悪鬼のごとく暴れるロランを、誰も止められない。

虚空から気安く武器を抜き出した魔族も、次々に参戦してくる。陣中で暴れ回り、刀や槍の一振りごとに犠牲者を増やしている。おまけに彼らは、相手が背を向けた途端、攻撃魔法を放って仕留めてしまうのだ。手がつけられないとはこのことだろう。

何もしないうちから、もう敵は逃げに入っていた。

「だ、駄目だっ。防ぐどころじゃない。逃げろ、味方と合流するんだっ。数を頼んで――」

士官の一人が叫んだが、そこで躍り込んできたロランに、槍で首を撥《は》ね飛ばされた。

どうやら指揮官クラスだったらしく、陣中の敵兵達がさらに浮き足だった。

しかもタイミングを合わせるように、今度は街の方から喊声《かんせい》が上がった。逃げるべき方角から、鬨《とき》の声や剣戟《けんげき》の音が一斉に湧き起こったのだ。

――これは、合流ポイントで部隊を合流させた帝国軍の本隊が、打ち合わせ通りに街の南側から攻め入った音である。

しかし、そんな事実はロランの周囲にいる敵にはわからない。ただ、「逃げるべき街の方角にも敵がいるっ」と本能で悟っただけだ。

ロランは目をぎらつかせ、長槍を間断なく振るいつつ怒鳴ってやった。

「あいにく街のほうでも、帝国の大軍が大挙して襲っている最中だっ。向こうへ行っても死ぬのが遅れるだけだからなっ」

喚いている最中も犠牲者を量産しているロランのセリフは、実に恐ろしげに聞こえた。この瞬間、少なくともこの陣にいた敵兵達の士気は消し飛んだ。

彼らは、暴れるロラン達から逃走することしか頭になく、唯一残った逃げ道へと一斉に駆け出した。

街の方角には敵の増援がいるし、かといって東やアレクセンの方角は論外である。となると、もはや自分達の故国——つまり北へ逃げるしかない。

連合軍の全員がそれを理解していたし、実際、そうした。取るものもとりあえず、服装すら整えず、命からがら闇の中へ逃れた。

まだ軍装を整える最中だった者はシャツ一枚で走ったし、鎧を纏いつつあった兵は、逆にそれを脱ぎ捨てて走った。なぜか、後生大事に枕《まくら》を抱いて走る若者さえいた。ただ一つ共通していたのは、恐怖に彩《いろど》られた汗まみれの表情……ただ、それだけである。

「とっとと消えろっ、侵略軍があっ」

彼らの背後から、敵の将が怒鳴って寄越した。

「覚えておくがいいっ。このロラン・フランベルジュが健在な限り、帝国はそう簡単に負けんからな！」

……勝ち負けはともかく、最初の一言は言わずもがなである。

この夜、不運にもロランとその部隊の戦いぶりを目撃した者は、彼らが奮闘する光景を誰一人として忘れなかった。後々にまで、恐怖を持って語りぐさとしたのである。

――斜陽の帝国なれど、一騎当千のロラン・フランベルジュあり、と。


東から敵を蹴散らして街に攻め入ったロランは、南の方から味方が攻め寄せる喊声を聞いた。兵力は小なりといえど、連合はシオンとロランに立て続けに先制され、動揺が激しい。街の南と東で敵襲があったことはわかっても、それがどれほどの規模で、今どんな状態なのかは、未だにさっぱりわからなかったのだ。この際は、彼らの大兵力が逆に仇《あだ》となった。数の分だけどうしても命令系統が複雑になり、鈍重で情報が伝わりにくい。

街の東から敵を殲滅《せんめつ》してロラン達が突入してきた時も、連合の将兵達はそれが帝国軍だとは夢にも思わなかった。味方が敵を蹴散らし、危うくなったこちらの増援にきてくれたのだと勘違いしたほどだ。

「おお、助かる！　東の方はもう片付いたのだなっ」

暗がりからカンテラ持参でばらばらと駆け付けた連合兵士達は、間抜けなことにありありと安堵《あんど》の表情を浮かべていた。

「そのまま街の南へ回ってくれ。ビーム兵器が破壊されて混乱――」

早口で告げていた相手は、息を呑んだ。

カンテラの明かりに照らし出された相手が、連合の軍服を着ていないことに気付いたからだ。

ロランは白い歯を見せた。

「人の心配より、自分達の心配をしろよ。今度はおまえ達の番だぞ」

「な、なんだと？」

素《す》っ頓狂《とんきょう》な声を無視し、素早くコードを詠唱し終える。

「おまえも黄泉路《よみじ》を急げっ。ダークネス・ウェイブ‼」

魔力が開放され、無形のエネルギーが兵士達を薙ぎ倒す。斥候役の彼らはさすがにレザーアーマーを着込んでいたのだが、薄紙一枚ほどの役にも立たなかった。全員、無残に路上に叩き付けられ、ほとんどの者が全身の骨を砕かれて絶命した。

辛うじて息があった一人が、叫ぶ。

「て、帝国軍が東を突破して——ぐわっ」

馬上から槍でそいつにトドメを刺し、ロランは振り返る。

「よしっ、全員突撃しろっ。敵はそこら中にいる。迷う気遣いはないぞっ」

「お任せを！」

「戦果をご期待くださいっ」

「人間共に思い知らせてやります」

それぞれ覇気のある声で返し、魔族達は奔流のごとく街へ攻め込む。気の早いヤツは既に馬上から攻撃魔法を無差別に浴びせ始めている。夜空に雷光やら炎やらが乱れ飛び、あれよあれよという間に街中は戦場と化した。たまに敵兵が立ち向かってきたが、彼らのそばにすら寄らないうちに、攻撃魔法の餌食《えじき》になった。

複数の攻撃魔法が炸裂し、漆喰《しっくい》の家に穴が空き、屋根が崩れ落ちる。木造家屋に火が点《つ》くと、たちまちにして火が燃え広がり、夜空を染めた。

街の住人には申し訳ないことだが、効果としては絶大なものがあった。

なにしろ、どんな馬鹿にも敵が街を蹂躙中だと知れる。


「て、敵襲だあっ」

「帝国が……帝国の大軍が東からも攻めて……うわあっ」

街の外から聞こえる戦闘音に生きた心地がしなかった駐留部隊は、震え上がった。

二方向から攻め寄せるほどだから、よほどの大軍に違いないと皆が思った。

それでも、指揮官クラスはまだ踏み止まり、声を嗄《か》らして叫んでいた。

「待て、逃げるな！　我々にはまだ、ＬＴ兵器があるっ。スカイシップも健在だ。見ろっ」

彼らが指差す夜空に、騒ぎを察知して浮上を始めたスカイシップが見えた。フォレスタが仕留め損なった、生き残りの二隻である。

ちょうど、敵を求めて船体下部の黒い砲塔が旋回しようとしている。

金属製の歯車が噛《か》むような、重厚な音が響く。

——しかし、そこまでだった。

いきなり天から眩《まばゆ》い閃光《せんこう》が降ってきたのだ。殺到する雷光のせいで、一隻のビームセイルが破壊された。間を置かず、隣の船にも激しい雷鳴と共に攻撃が来た。闇を斬り裂く光の刃が、天から真っ直ぐに落ちてくる。

一瞬、目を背けずにはいられないほど、眩い光の束だった。

「どうなってる⁉」

絶句した敵の目には映ってないらしいが、夜目の利くロランはちゃんと見えた。青い髪をなびかせたフューリーが、上空から魔法攻撃を仕掛けている。ついでに言えば、ひどく嬉しそうな顔をしているのまでわかった。

「よくやった、フューリー！　おまえは全く、いい女だっ」

上機嫌で叫び、ロランは長槍片手にメインストリートを駆け抜ける。

連合兵士が唖然と見守る中、天空よりの光にビームセイルを破壊され、一隻はあっさりと落下した。ビームセイルはスカイシップの命であり、そこを破壊されると浮かんでいられない。真っ逆さまに落下し、民家の屋根に激突、両方とも大破してしまった。

直後、ジェネレーターが爆発する音がして、家屋の破壊音が重なる。

この瞬間、連合将兵の士気は完全に潰《つい》えた。

大部隊を擁し、しかも魔法使いも大勢いるとなれば、もはや勝ち目はない。兵士や士官の区別なく、全軍が背を向けて敗走に移った。

時を置かず、街の南側から大歓声が聞こえた。それは南を守る連合軍が崩れ、帝国の本隊が追撃に移った証だった。

「おおっとぉ。この段階で手柄を横取りされたら困る！　急がんとな」

ロクに周囲も見ずに逃げ惑う敵兵を蹴散らしつつ、ロランは手勢のみを率いて先へ先へと馬を駆った。街の中心部を通る街道をひたすら行くと、やがて視界が開けて広場に出た。その中央に、目指す敵がいた。

裾《すそ》の長い上衣に黒いベルトという、連合正規兵の軍服に加え、胸元には黄金の記章が見える。指揮官……それも少将クラスの身分だろう。間違いなく、侵攻軍の司令官である。

恰幅《かっぷく》のよい体格をした司令は、幕僚達を従えて陣を払おうとしているところだった。

「一時、街の外に出て陣形を組むぞ。こんな建物だらけのところで戦えるかっ。敵味方の区別もつかん！　全軍にそう伝えろっ」

「はっ」

青ざめた顔の伝令が敬礼する。

そのまま白馬に騎乗しようとする司令の元へ、ロランは馬を急がせる。たまに邪魔しようとするヤツは、槍を振るって容赦なく排除した。最後まで付き従っていた数名の魔族も、魔法攻撃で援護してくれた。

「待てぇえええっ。逃げずに戦え！」

ロランの叱声《しっせい》は、広場全体に轟《とどろ》いた。

敵本陣の動きが綺麗《きれい》に止まった。

「――！　まさか、もうここまで敵が」

二重顎にちょび髭《ひげ》という、冴《さ》えない外見の司令官が青ざめ、それでも本能的に手を腰にやる。しかしロランは、その時には馬の鞍から豪快にジャンプしていた。

空中で大きく一回転した後、振りかぶった刀越しに怒鳴る。

「帝国軍中将、ロラン・フランベルジュ見参っ‼」

空中で名乗りを上げ、大喝する。

敵の頭上から胸にかけ、存分に斬り下げた。ロランの全体重をかけた斬撃《ざんげき》である。血泉を吹き上げ、司令官は悲鳴を上げる間もなく倒れた。返り血を浴び、ロランがすかさず周囲に向き直る。

我に返った連合の幕僚共が、悲鳴のような声を洩《も》らす。

「し、司令官っ」

逃げられないと観念したのか、腰が引けていた彼らも、さすがに剣を抜いた。しかし、遅れて突っ込んできた魔族戦士が、すかさず襲い掛かっていく。

「無礼者っ」

「おまえ達の相手は俺がする！」

生き残りの将校達は容赦ない斬撃を浴び、見る見る数が減っていく。最後の数名などは、恥も外聞もなく背を向けて逃げにかかった。

指示を請うように魔族戦士達がこちらを見たので、ロランは頷いてやった。

「追撃したいなら、行ってもいいぞ。最初に宣言した通り、降伏しない限り、情けは無用だ」

一礼して走り去る彼らを見送り、ロラン自身は静かに刀を収めた。

「……今晩の俺の仕事は、もう終わったけどな」

足下に倒れる敵の司令を見やり、ロランは肩を揺する。そういえば、まだこいつの名前すら知らない。

燃え盛る家屋や商店の炎が、闇に沈んでいた広場を照らし始めている。

通りを走り、広場を突っ切って逃げていく敵の多くは、頼りなく揺れる影絵のようにも見えた。そのほとんどが平服で、武装もしていない。おそらく、戦うよりも身軽に逃げる方を選択したのだろう。

生き延びることしか頭にないためか、彼らはロランの方など見向きもしなかった。帝国軍であるとさえ、知らずにいたかもしれない。

「……いつもそうだが、負け戦ってのは悲惨だよな」

ロランは首を振る。

一つ間違えば、同じ光景がそっくり逆に、帝国軍にも起こり得たかもしれないのだ。いや、今日のところは勝ったものの、今後のことは誰にもわからない。

密かな足音がして、ロランは首を巡らせる。

ドレス姿のシオンが、ちょうどロランにしがみついてきたところだった。

この夜、帝国軍は連合との戦争が始まって以来、初めてといっていい完全勝利を得た。遠征軍の司令官とその幕僚のほとんどは討ち取られ、指揮系統は完膚なきまでにずたずたにされた。

司令官が欠けた部隊は、もはや軍隊とは呼べない。仮に戦意を失わない兵士が残っていたとしても、将も兵も含めて全部隊が敗走を始めてしまっては、自分もそれに倣うしかなかった。

連合軍はかなり後になるまで帝国側の総兵力を知らず、逃げた兵士の多くは、「敵はわが軍の数倍の兵力だった！」と本気で信じ込んでいた。

勝ち戦が続き、驕《おご》りきった連合の油断に付け込んだロランの奇襲作戦は、見事な成功を収めたのだ。

しかも連合軍は、総崩れになって退却する際、魔族と帝国軍の容赦ない猛追撃を受けた。結果、まだ敗走中にもかかわらず、この時点で全軍の損耗率は三割を大きく超え、数千に及ぶ捕虜まで出している。それに対し、帝国側の戦死者は百名に届かず、しかも魔族戦士の中には欠けた者は一人もいない。数字だけで見ても、帝国の大勝利は明らかだった。

これまで一介の王室警護隊長に過ぎなかったロランの名は、後に「トゥールの奇襲」と呼ばれたこの時を境に、連合の隅々にまで知れ渡ることになる。

Chapter 3

アンダーワールドよりの使者

ロランは、戦後処理は囮《おとり》の役目を果たしてくれた本隊の方に任せ、夜明けにはオーヴィル城に戻った。

手柄を譲るとかいう、殊勝な理由ではない。ロランとしては、「敵の司令官は討ち取ったし、もう休んでいいだろ?」という気分だったのだ。戦いそのものに高揚感を覚えるロランも、恐怖に駆られてただ逃げるだけの敵には、まるで食指が動かなかった。

ちなみに、フューリーを初めとして、魔族のほとんどが敵をまだ追撃中だが、シオンはロランと一緒に戻る方を選んだ。この少女にとっては、手柄よりロランのそばにいる方が大事らしい。

ただ、シオンは帰城する際、ロランに気になることを告げた。

「間もなく、アポストル・ファイブがロランさまを訪ねてくるでしょう」と。

さすがに疲れていたロランは、その時は特に訊《き》き返しもしなかった。どうせ魔族の他《ほか》の同胞だろうと思っていたからだ。

オーヴィル城に戻ったロランは、感激して走り寄ってきた副官のワイラーを追い払い、さっさとベッドに直行して寝た。

食事も摂らず、ただ泥のように眠ったのだ。

絶対に失敗できない奇襲作戦を指揮して、さすがのロランも多少の緊張はしていたようだ。

その証拠に、どうもたっぷり十時間以上は眠っていたらしい。というのも、次に目を開けたら、カーテン越しに夕日が沈みかけているのがわかったので。

目が覚める少し前、ロランはなぜか、シオンに抱き付かれて焦《あせ》っている夢を見た。

目を開けると、本当にシオンが抱き付いていて驚いた。思わず声が洩《も》れそうになったほどだ。

いつ着替えたのか、彼女は白地に青い蝶《ちょう》の刺繍《ししゅう》がたくさん入ったドレス姿であり、例によって片足には大胆なスリットが入っている。パーティにでも出るような格好なのに、ロランの胴体に両手でしがみつき、足と足を絡《から》めて幸せそうな顔ですやすや眠っていた。起きている時は見た目を裏切る叡智《えいち》に満ちた表情を見せる（時もある）シオンだが、寝顔は普通の十代の少女にしか見えなかった。いや、これだけ美貌《びぼう》に恵まれた少女はあまりいないだろうから、「普通」というのは当て嵌《は》まらないかもしれないが。

本来ならここで叩《たた》き起こすところだが、寝顔を眺めているうちに、ロランは無理に起こす気が失《う》せてしまった。動けないので困るのだが、もう少しこのまま我慢してやるか、とそっと息を吐く。

それに、あの戦いで1番の戦果を挙げたのは、公平な目でみればこのシオンかもしれないのだ。緒戦で連合のビーム兵器を破壊し、敵の士気を挫《くじ》いたからこそ、後の奇襲が活《い》きたのだ。

……それに、こうして抱き付かれているのが悪い気分じゃないのも確かだった。いささか気が咎《とが》めるのが困るが。

どのみち、眺めているうちにシオンはすぐに目を覚ました。長い睫《まつげ》が震え、ゆっくりと目を開く。至近でロランと目が合い、シオンは唇を綻《ほころ》ばせて静かに微笑《ほほえ》んだ。

「……ロランさま」

自分から潜り込んだのだから当然かもしれないが、少しも意外そうではない。目が覚めてそこにロランがいるのは当然……そんな想《おも》いすら窺《うかが》えた。

「とてもよくお休みでしたわ」

そりゃ自分のことじゃないのかと思いつつ、ロランは苦笑する。輝くような青い前髪を、手で軽く撫《な》でてやる。

「おまえもな。他のみんなはどうした？」

「まだ追撃中の者もいますが、半ば以上は帰還しました。今は……スカイシップに待機中です」

「またあそこか」

ロランはわずかに眉《まゆ》をひそめる。

ワイラーに寝所《ねどこ》の手配は頼んである。責任感の強いあいつのことだから、苦手な相手とはいえ、その旨《むね》はちゃんと申し出ているだろう。なのに、何を頑固に乗ってきた船内に閉じ籠《こ》もっているのか。

それとどうでもいいが、シオンの報告には「人間」は一切含まれず、魔族のことのみだった。まあ、これは仕方ないかもしれないが。

「人間を信じるのは難しい……です」

しがみついたまま、シオンが上目遣いにロランを見た。いつもながら、こちらの心を読んだのかと思う勘の良さである。

「手ひどく裏切られて……久しいですから」

「……え」

思わず、真面目《まじめ》な顔のシオンを見返した。

この子の発言は常に最小限の単語で成されるので、時に意味を掴《つか》みにくい。それにしても、裏切られたというのは初耳である。

昔話や寓話《ぐうわ》で魔族が人間を裏切った話は山のように聞いたことがあるが、その逆などロランは寡聞にして知らない。

「どういうことだ？」

訊き返すと、むしろシオンの方が軽い驚きの表情を見せた。

が、すぐに得心したように頷《うなず》く。

「ご記憶が無いのを忘れて……ましたわ。実は、ロランさまが普段お聞きになっている伝承や記録などは」

話し出そうとしたシオンを、ノックの音が遮る。ついでにすぐに声もかけられた。

「ロラン、もう起きてる？」

エトワールの声だった。

しかも、こちらが何か言う前から、すぐにドアノブをガチャガチャやる音がした。

正直、ロランは血の気が引いた。

別にやましいことはなにもしていないのだが、しかしこの状況は、九割九分の確率で誤解されるのではあるまいか？　というか、絶対にされると思う。

ドアに鍵《かぎ》がかかっていて命拾いしたかもしれない。

「うわっ。エトワール！」

反射的に素《す》っ頓狂《とんきょう》な声を上げてしまい、ロランは思わず口元に手をやった。これで、ちゃんと中にいることがバレてしまったのだ。

ロランと違い、シオンは落ち着いたものだった。遠くでカラスが鳴いたほどにも反応せず、絡めた手と足もぴくりとも動かない。

平然と自分の胸に頬《ほお》をすりすりしてくるシオンを眺め、ロランはどっと焦りが兆《きざ》す。

おまけに、外の声が一気に険悪になった。

「なによぅ、今の焦りまくった声は〜。まさか、戦勝に浮かれて——ふ、不潔なことしてるんじゃないでしょうねっ」

ノックの連打と共に、罵声《ばせい》がした。ドアを蹴飛《けと》ばす音も。

今や、エトワールは癇癪《かんしゃく》を起こしかけていた。気の短いヤツである。

「違うっ。まだ寝起きなんだ！　おまえ、少しは遠慮しろよっ」

「嘘《うそ》くさいっ。開けなさい、開けなさいったら！（連打の音）」

「待て、あと十分ほど待てっ」

「ますます怪しい、怪しすぎっ。いいモン！　開けないなら、無理に開けちゃうからっ」

言下に、インストラクション・コードを詠唱《えいしょう》する声がした。魔法という反則技で開けるつもりなのだっ。

冷や汗まで滲《にじ》んできたロランに、シオンがやっと囁《ささや》く。

「お困り……ですか、ロランさま」

無言で何度も頷く。

昨晩の戦闘中でさえ、ここまで緊張はしていない。シオンはくすりと笑い、ロランの耳元で続けた。

「わかりました……では、シオンはしばらく失礼……します」

か細い手足が外れ、シオンはなめらかな動きでベッドを出る。どうするのかと見守るロランの前で、彼女はそのままベッドの下に潜り込んでしまった。

おまえ、そんな安易な隠れ場所は――。

慌てて下を覗《のぞ》き込もうとした途端、ドアが開いた……というか、蹴り開けられた。


足を振り上げた姿勢で、エトワールがこちらを睨《にら》んでいた。ロランは動きを止め、咳《せき》払いなどする。上半身裸なのに気付き、放り出してあったシャツを手に取る。

わざとらしく緩慢な動作で着ながら、ボヤいてやった。

「言っただろ、着替えるところなんだっ」

「……そんな気配じゃなかったわよ?」

今日の姫君は、やや裾《すそ》の長いシルクのブラウスと、下は白いショートパンツ姿だった。ベルト代わりに、ブラウスの上からピンクのリボンでまとめている。夏間近とはいえ、彼女の趣味からすると、随分と露出度が高い。

しかしいかんせん、表情が険しすぎて、目の保養どころの騒ぎではない。

おまけに、部屋に乗り込んできた途端、家捜しを始めた。クローゼットの中を開けて覗き込み、見ればわかるだろうにテーブルの下を慎重に確かめ、唯一のソファーを動かしてその下も調べ、五階なのに窓を開けて上下左右を確認する。

しまいには、酒瓶を並べた重たいサイドボードまで移動させようとして、ロランの顔をしかめさせた。

「こらこらっ。そんなのどけたって誰《だれ》もいないに決まってるだろっ」

起き上がりつつ、さりげなくベッドから離れる。

「その後ろに隠れるって、どんだけ身体《からだ》が薄っぺらいんだよ、えっ？」

非力なせいでうんうん唸《うな》りながら、エトワールは亜麻色の髪を振り乱してサイドボードを斜めにズラす。聞いちゃいない。

「妙な勘ぐりはするな。俺はずっと寝てたんだって」

ロランはわざとぶっきらぼうに言う。

とにかく、今のところ嘘はついてない。余計なことまで言わないだけだ。

エトワールは陰険な目つきで睨みをくれたものの、不承不承で頷いてくれた。

「そう……ね。怪しいと思ったけど、勘違いだったみたい」

ロランの緊張が抜けたその一瞬、エトワールは叫んだ。

「——なんて言うと思った⁉　本命はベッドでしょっ」

やんちゃ王女はダッシュで脇《わき》をすり抜けた。その素早さといったらなく、ロランが腕を掴む暇もなかった。振り向くと、既に彼女は小さくジャンプまでしてベッドの前に至り、さっとしゃがみ込むところだった。

ロランは呻《うめ》いて両手で目を覆いたくなった。

大慌てで言い訳を模索する。

「いやエトワール、これは――」

危うく言葉を飲み込んだ。

こちらを向いた彼女が、人差し指と親指でロランの靴下を摘《つま》んでいたからだ。既に怒りの表情はなく、腰に片手を当てているだけである。

「落ちてたわよ……お洗濯くらい、メイドに頼んでしてもらいなさいよ、もうっ」

失礼にも、投げつけて寄越す。

「何がメイドだ。庶民の俺は洗濯くらい、自分でしてるっつーんだ」

「どっちにしても、部屋が散らかりすぎっ。床にはあちこちに服が散らばってるし……て、何してるの？」

ロランが腰を屈《かが》めてベッドの下を覗き込んでいるのを見て、エトワールは首を傾《かし》げる。ロランはさりげなく立って首を振った。

「いや、もう片方の靴下が落ちてないかなと」

呟《つぶや》きつつ、自分の方こそ首を傾げたい気分である……本気でシオンが消えていたからだ。

あいつ、どこへ消えたんだ。

俺をびびらせやがって！

考えている間に、なぜかエトワールが一旦《いったん》は廊下に出て、今度は銀色のワゴンを押してまた戻ってきた。クラウベン産のワインボトルが多数と、グラスが二つ乗っていた。

「……なんだよ？」

「見てわからない……お祝いに来たの」

「家捜しじゃなく？」

エトワールの目元がちょっと赤くなった。

「だって、怪しかったもの！　だいたい、シオンの残り香がするわよ、この部屋っ。少なくとも、寝る前に来てたでしょっ」

「あ、ああ……まぁそうだな」

匂《にお》いまで嗅《か》ぎ分ける女の勘に驚き、ロランはしどろもどろで頷く。この際、話題を変えることにした。

「祝いってことは、もう戦勝の件は知ってるんだな」

「そりゃ、もうすぐ夜だもの」

エトワールはグラスをテーブルに並べつつ、呆《あき》れたようにロランを見た。

「気楽な人ね、ロランは……私は、寝ないで待ってたっていうのに、気付いた時にはもう部屋で爆睡してるし」

「あー……いや、そりゃすまん。報告とかはワイラーに任せっきりだったからな」

唇を引き結んだエトワールの横顔に、ロランはさすがに神妙な気分になり、低頭した。彼女がテーブルに着いたので、おずおずと自分も椅子《いす》を引く。元々自分の部屋なのに、なぜか遠慮してしまった。

ぼけっとしているうちにグラスを渡され、なんと王女自ら酌などしてくれた。

「……ロイド少将を討ち取ったそうね。おめでとう」

エトワールがグラスを掲げたので、ロランも慌てて持ち上げ、乾杯した。条件反射的にまずは飲み干し、ついで尋ねる。

「ロイド少将って誰だ？」

エトワールは一瞬、目を見開いて見返した。刹那《せつな》の間を置き、ワインを盛大に噴いた。大半がロランの胸に飛んだ。

「うわっ。きたねーだろうが！」

「ご、ごめんなさいっ」

エトワールはナプキンで慌てて自分の口元を拭《ぬぐ》い、ロランの胸元も拭《ふ》いてくれた。適当な手つきとはいえ、随分なサービスである。

「でも、敵の方面司令官を知らないって、どういうこと⁉　そんな基本情報も知らずに、よく勝てたわね」

怒り顔を作ろうとして、失敗してまた噴き出す。だいぶウケたらしい。

「ああ、あのおっさんか。……まあ、なんか弱っちいヤツだったからなぁ。連合ってあんなのでも指揮官で通用すんのか」

王室警護隊長たるロランの本来の役目は、エトワールやフォレスタの身辺警護にあり、連合との戦闘で前線に出たのは、実は昨晩が初めてだった。

もちろん、ロイド某《なにがし》なども、昨晩初めて出会ったことになる。……とはいえ、いささか脳天気に過ぎるのも否定できないかもしれない。

「別に、喧嘩《けんか》が強い人が将官になれるわけじゃないでしょ。ロイド少将は作戦遂行能力は高かったのよ……現に、帝国は何度も負けてるもの」

そりゃ、帝国軍がさらに弱かっただけじゃないのか？

そう思ったが、まあ言わずにおいた。ロランとて、気を遣う時はあるのだ。

「その調子だと、眠ってから後のことは知らないでしょ？」

エトワールは気を利《き》かせたのか、休んでいる間の出来事を話してくれた。

——総悲観から一転して、街中がお祭り気分らしい。興奮した市民達が朝から市街に繰り出し、夕刻に至る今も、王都アレクセンはてんやわんやの騒ぎだと。

戦果を聞いたフォレスタ国王は、ロランの作戦指揮能力を病床から讃《たた》え、「中将には、その調子で今後も頼むと伝えるように」などと、見舞ったエトワールに伝言したらしい。

……あの王様らしいといえばらしい。

「それでね、奇跡的に勝ったと聞いて、逃げてた騎士や重臣連中が戻ってきたんだって」

ロランが渋面になると、エトワールは得たりとばかりに頷いた。

「ねえ、腹が立つわよね……見捨てた癖に。でも安心して。ヨハン・クリスチャンセン大佐——じゃなくて少将が、みんなまとめて叩き出しちゃった。『有事の際に逃げる者を、我が国は必要としない』っていつもの強面《こわもて》で言い渡したの」

重厚なヨハンのしわがれ声を、エトワールは実に上手《うま》く真似《まね》た。おそらく、普段からこっそり真似してたのだろう。

「でもロラン、本当によくあのおじいちゃんの昇進を推薦したわね。ほんのちょっぴり見直しちゃった」

「ちょっぴりたぁなんだっ⁉」

ロランは思わずむっとする。

祝いと言いつつ、自らがガンガン呑むエトワールを、横目で睨む。酔っぱらいに腹を立てても仕方ないが、いちいち一言多いヤツである。

「……昨日、言わなかったか？　嫌いなのは変わらんが、そりゃ私情だからな。むしろ、ああいううるさ型の男は残した方がいいんだ……上に立つヤツがべんちゃらばかり並べる無能を取り立てるようになったら、もうその国は終わりだ」

「ひゅ～、ひゅ～！　ロラン中将ってば、すてきすてきっ」

鳴りもしない口笛と共に、エトワールが手を叩く。緩んだ笑みがなんとも言えない。

……早速、酔っぱらいやがって。

今更遅いが、ロランとしてはエトワールの飲むペースがどんどん早くなっているのが気になる。こいつは決して酒に強い方ではないのに、今日はまた、次々に大盃《たいはい》を空けていた。しまいにはボトルごと掴み、そのまま呷《あお》ろうとまでした。

「おい、ペース早すぎだぞ」

ボトルを掠《かす》め取り、慌ててロラン自身で呷った。

「あー！」

「あー、じゃないだろ。加減しないと後で辛《つら》いぞ」

「あによ……せっかく、勇気出そうと思ったのにぃ」

しっかり酔いの回った口調で、エトワールは愚痴った。目つきがとろんとしていた。

怨《えん》ずるようにロランを見やる。

「素のままだと、ちゃんと言えないのよ……この格好だって、恥ずかしいの我慢してるんだからぁ」

「……意味がわからん。恥ずかしいなら、足の見えない服で来りゃいいだろ」

「だから、せっかく大勝利したんだから、私なりにお礼をね、そのね、しようとね。ほら、足が見られて嬉《うれ》しいでしょ？　ロラン、いつもスカートめくるじゃなぁい」

舌足らずな声に、今度はロランが噴き出しそうになった。

何が「いつも」だっ。

「ちょい待て、泥酔女っ！　一度か二度、冗談でめくっただけだろっ」

本気で怒りかけると、エトワールがきょとんとした顔をした。ちょっと考え込み、何度か首を振る。こめかみの辺りを指で揉《も》んでいた。

「ごめん。こんなこと言いたいわけじゃないの」

立ち上がり、危なっかしい足取りでロランの方へ来る。わざわざ後ろに回り、ロランの背中に抱き付いてきた。先程のシオンのように、耳元で囁く。

「……お礼、言いたかっただけ。ありがとう、ロラン。あなたのお陰で、国も私も助かった……ホントにありがとう」

「あ、ああ……いや、そんなことは別にいいんだ。つーか、別に俺一人の力でもないしな」

答えているうちに、ロランは先程までの不満が洗い流されたように消えていた。

酒臭い息がちょっとアレだが……こいつ、たまに可愛《かわい》いトコ見せるじゃないか、と思った。

生足のサービスはともかく、気持ちは素直に嬉しい。

「利己的に聞こえるかもしれんが、俺としちゃ、おまえが無事でいてくれるのが一番だ。無茶な奇襲かけた値打ちがあるってもんさ」

「……ロラン」

ロランが立ち上がると、エトワールは珍しく自分からロランの胸に抱かれてきた。

そっと抱き締めてやる。

「こんな時に限って、ワイラーの馬鹿《ばか》が絶叫しつつドアを叩きそうだよなぁ。隊長、いい加減に起きてくださいっ、とか喚《わめ》いて」

微《かす》かに肩が揺れたので、エトワールが笑ったのがわかった。

「それはないわ……だって私、わざわざ中尉に頼んでおいたもの」

「……なにを？」

「鈍いわね……しばらく邪魔しないでねって、お願いしたのよ。二人きりで静かに過ごしたかったから」

「そ、そうか」

二人きりといいつつ、ついさっきまでシオンがいたわけで、ロランは少し心苦しく思った。

しかしエトワールは酔いのせいかロランの焦りには気付かず、まるで別のことを言った。

「ロランが帰ってくるまで、不安で眠れなかった……これはもう言った？」

「ああ、さっき聞いた。だけど、無用な心配だろ。この俺が死ぬモンか。なんせ俺は――」

エトワールが微かに身じろぎし、ロランは言いかけたセリフを飲み込む。

エトワールはロランの前世などは信じていない。生まれ変わりはともかく、元が魔王だった、などとは認めたくないらしい。

ロラン自身は気にしないが、無理にエトワールを困らせることもあるまい。

「……ロランは人間よ。魔族なんかじゃないわ」

ぽつりと声がして、エトワールはロランの胸に伏せていた顔を上げる。部屋からは、夕日の最後の残滓《ざんし》が消えようとしていたが、それでも黒い瞳《ひとみ》が少し潤んでいるのがわかった。

ロランはエトワールの頭を軽く叩いてやる。

「つまらんことで悩むなよ、俺は俺じゃないか。どこ見ても、人間そのものだろ」

力強く告げると、エトワールはやっと微笑んでくれた。そして偶然なのか意図してなのか、心持ち顔を上向ける。

ロランもあくまで自然に顔を寄せ……そこで動きを止めた。


「誰だっ」


一瞬で身体に緊張が戻った。

ロランはきょとんとした王女を背後に庇《かば》い、さっと窓の方に向き直る。同時に、ベッドの脇に放り出してあった剣を剣帯ごと掴み、素早く腰に巻いた。

そのまま緊迫した時間が流れる。ロランは闇《やみ》を通し、ごく微かに感じた気配の方を睨《ね》め付け続けていた。

「ど、どうしたのロランっ」

「大丈夫だが、動かないでくれ。誰かが外にいる」

「こ、ここは五階なのに⁉」

「気配にゃ敏感でな。俺の勘に狂いはない」

実際、今回もロランの勘は正しかった。

窓の真横、つまり何もない空中から誰かの手が伸び、窓を開けた。そして腰を少し屈め、何者かが部屋に侵入してきた……堂々たる態度で。

金髪碧眼《へきがん》の少年で、花びらに似た模様が入った黒いマントを羽織っている。その下は、純白のシャツにサスペンダー付きの黒いズボンという姿だった。襟元に青い胸飾り……いわゆるジャボがあるせいか、ひどく上品な印象を受ける。右耳には煌《きら》めくピアスも見えた。

ただし、貴族が好むような派手な飾りなどはない。どのみち、吊《つ》り目がちの少年にあるまじき大きな瞳といい、女性も顔負けの色白な肌といい、中身だけで十分目立つ。

剣の柄に手をかけていたロランだが、意外にも少年の態度は丁重だった。

「突然、乱入するご無礼をお許しください」

右手を胸に当てて深々と一礼した後、ロランを真《ま》っ直《す》ぐに見た。

「転生の噂《うわさ》を聞きつけ、遅まきながらかくは参上しました。僕の名はニケと申します」

「ロラン・フランベルジュだ。……魔族か、と訊くまでもないな」

「言うに及ばず」

少年――ニケは一瞬、背後のエトワールに冷え切った視線を投げる。

勝ち気なエトワールは、睨まれて震え上がるようなタマではない。目つきが気に入らなかったのか、たちまち険しい声で「なによ、何か文句でもっ」と突っかかった。

「……別に。人間と話すことなど何もない」

「なんですって！」

「よせ、二人とも」

ロランはため息をついて、割って入る。

どうも、魔族が絡むと似合わぬ調整役をやらせられる場面が多い。

「ニケだったな。ちょっと待て……今、ランプに火を」

――入れるから、と言おうとした瞬間、部屋の中がたちまち明るくなった。天井とテーブルの上……二カ所のランプにたちまち火が灯《とも》ったのだ。しゃらくさいことに、この年端《としは》もいかない（ように見える）少年が、魔力で灯したらしい。今更だが、コードを詠唱する声などまるでしなかった。こいつは確かに、魔族なのだ。

ニケには椅子の方へ顎《あご》をしゃくり、ロランはエトワールを見やった。何を言われるのか察したのか、早くも膨れっ面《つら》である。

「のけ者にするんだ？」

「……まだ何も言ってないだろ」

「じゃあ、なんて言うつもりだったの」

「ちょっと席を外してくれ」

「やっぱりそうじゃない！」

「話が終わったら、ちゃんと教えてやるって。おまえはすぐに腹を立てるし、その方がお互いのためにいいだろ」

可愛らしく唇を尖《とが》らせるエトワールに、ロランは言って聞かせる。あまり効果はなかった。

「だって、相手は魔族じゃないっ」

「忘れない方がいいぞ、エトワール」

ロランはやや声を低める。

「俺達は、その魔族に助けられたんだ。違うか？」

「あれはロランが」

言いかけたが、いかに魔族嫌いのエトワールとはいえ、反論しにくかったらしい。まなじりを釣り上げてロランを睨むと、彼女は小さな拳《こぶし》を固めた。殴る気かっ、と身構えかけたが、そうではなかった。

エトワールはワゴンに戻されたボトルをひっ掴み、残りを一気に呷った。

止める暇もなかった。

「あ、馬鹿っ。ただでさえ弱いのに！」

「うるひゃいっ」

空のボトルをロランに押しつけ、エトワールはぷりぷりしながら踵《きびす》を返す。ドアの前で振り向き、吐き捨てた。

「せっかく二人きりだったのに、すぐにのけ者にしてえっ。ロランなんか嫌いっ」

叩き付けられるようにドアが閉まった。

少し部屋が揺れたほどだ。

怒りに満ちた足音が遠のき、部屋が静まり返った。

ロランはため息をつき、テーブルに戻る……俺って人生で苦労してるな、とちょっと思う。

少年ニケは、礼儀正しく勧められた椅子の脇でまだ立っており、ロランが座すと初めて自分も席に着いた。

エトワールについては、もう忘れたような顔をしていた。こいつもシオンと同じく、徹底的に人間が嫌いなのだろう。

「待たせたな。それで……話というのは？」

「その前にお尋ねしたい」

ニケはゆっくりと問う。

「貴方《あなた》は、ご自分の前世が魔王だという自覚がお有りですか」

シオンとさして違わない年齢に見えるのに、随分と老成した物言いだった。見た目は当てにならないということだろう。

ロランは椅子にどかっともたれ、即答した。

「いーや。俺ぁ、そんな記憶は微塵《みじん》もないな。シオンはそうだと信じてるみたいだが、俺には欠片《かけら》も自覚がない」

ニケは碧眼を瞬《しばたた》き、驚いたようにロランを見た。見つめ合ううち、ニケがゆっくりと微笑を広げる。元が美少年だけに、男のロランが見ても目を見張る魅力があった。

「これは……意外でした。貴方は自覚がなくても魔王だと言い張るかと思ってたんですが。正直な方なんですね」

「正直者にはほど遠いが、こんなことで嘘ついてもな。……で、おまえの用件ってのは、勝手に魔族を率いて戦った俺を、とっちめに来たわけか？」

行儀よく座る少年を眺める。

「つーか、そもそもおまえ、ヴェルガンとの戦いの時にいたっけか？　まあ、全部の顔を覚えてるはずはないが、おまえは見逃す顔じゃないと思うがなぁ」

「あそこは想像以上に広いですよ。僕と他の仲間は、アンダーワールドの別の地方にいましたから」

そこで碧眼に冷たい光を宿らせる。

「ヴェルガンごとき小物に関《かか》わるのは、うんざりなので」

「気に入らんのなら、ぶっ殺せばいい」

ニケは上品に肩をすくめた。

「機会があればそうしましたが、ヴェルガンは僕達に殺す理由を与えないよう、身を慎んでいましたから。――その証拠に、あいつは何百年経《た》とうと、魔王を名乗ろうとはしなかった。そんな真似をすれば、僕らの怒りを買うと知ってたからです」

単に事実を語っているという口調で、少なくとも強がりには聞こえなかった。

真偽は謎《なぞ》だが、この少年は確かに、ヴェルガンなどまるで恐れていないように見える。

「それなら、殺すまでもない。あいつだけで済むならともかく、ヤツが集めた仲間も相当数、殺さねばならない。僕達は人間ほど数多くない。同士討ちなんかしてる場合じゃないんです」

「……ふむ？」

ロランは顎を撫でつつ、ニケをじろじろ眺めた。見かけで実力が推し量れないのが魔族の特徴だが、本人の申告通りの強さなら、こいつはシオンにも匹敵する実力者ということになる。しかも「僕ら」というからには、他にも似たような存在がいるらしい。

ロランは頭をフル回転させ、考えている。それなら、今彼を敵に回すのはまずいだろう。どのみちロランは、魔族との同盟を模索中だからだ。

「よし、なら改めて訊こうじゃないか。おまえの方の用件は」

「貴方をどうすべきか、決めたい。殺すべきか、それとも従うべきか」

恐ろしいことをさらりと言う。

「確かにかつての我が君なら、喜んで従いましょう。しかしもし違うなら――」

ニケは目を細める。

「貴方は、僕の姉が殺すことになるでしょう」

――姉かよ！

とロランは内心で突っ込む。どんなヤツか全然知らないのに、いきなり殺されてはたまらない。しかも女ときた。

「おまえな、短気は損気という古い格言が」

途中で、なぜかニケの目がロランの後ろを見た。

「シオンを信じないの、ニケ」


背後から声がして、ロランは飛び上がりそうになった。

泡を食って振り向くと、ドアの方からシオンがゆっくり歩いてくるところだった。ちなみに、ドアを開けた音は一切なかった。

ロランに対し、シオンは軽く低頭する。

「失礼しました。放置すると危ない……ので」

ぼそりと述べつつ、シオンはなぜかロランの膝の上に乗ってきた。当たり前のような顔で横座りし、片手をロランの腰に回してバランスを取る。最後に、少し腰を動かした……おそらくだが、「楽に座れる最適の位置」を決めていたのだろう。

あまりにも堂々と乗ってきたものだから、ロランは何も言う隙《すき》がなかった。シオンは最後にロランを見上げ、微笑んだ。

「椅子……二つしかありませんから」

そ、それが理由か！

呆れたが、別に嫌というわけでもないので反論はせずにおく。この辺りのいい加減さが、エトワールによく叱《しか》られる理由かもしれない。が、今は気分が良いのも否定できない。

「ニケ、おまえもロランさまに従いなさい」

膝に座ったシオンは、身も蓋《ふた》もなく決めつけた。

「今はまだ、お断りするしかないですね」

驚いたことに、ニケは即答した。

シオンと対等以上の口を利く魔族など、ヴェルガンを除けば初めてかもしれない。

「このシオンを……敵に回すつもり？」

シオンの声がぐっと低くなる。

見る見るうちに、目が真紅に染まっていく。明らかに本気なのだ。

「望むところではありませんが、必要とあらば」

ニケも一歩も引かない。

「たとえ死を迎えることになろうと、断じて信念を曲げる気はないです」

特徴ある上がり眉も、ぴくりともしない。少なくとも、まるで動じていない。

ロランは、部屋の中に見えない雷光が散っている気がした。絶大な実力を持つ魔族二人が、私室の中で一騎打ちなど始めたらどうなるのか？　考えただけで頭が痛くなった。

「待て待てっ。おまえら、簡単に殺し合いなんか始めるなっ」

ロランは慌てて怒鳴る。

「俺はこう見えても平和主義者だっつーんだ。特に俺の部屋で、血とか臓物が飛び散りそうな喧嘩は困るっ。誰が掃除すると思ってんだ⁉」

前半は大嘘だが、後半は完璧《かんぺき》に本音である。幸いにしてシオンはわかってくれたらしく、瞳がすうっと薄赤に戻っていく。

「失礼……しました」

「いや、わかってくれればいい」

ロランは火種の少年に目を戻す。

「で、おまえはどうしたい？　問答無用で俺を殺したいのか？　平和主義者の俺も、さすがにそれは頷けんけどよ」

「いえ、そんな無茶は言いませんよ」

ニケは殺気を消し、穏やかにロランを見返す。

「僕らはただ、他人によってではなく、自分達自身で心から信じたい——それだけです」

「具体的に何をしろと？」

「なに、簡単なことです」

ニケは、どこか魂胆のありそうな微笑を見せた。

「貴方が本物かどうか……ぜひ、魔王の証《あかし》を見せてください」

全然、意味がわからなかった。

わからないながら、ロランは殺気だった場を明るくしようと提案してみた。

「なんなら脱ぐか？」

……あいにく、シオンしか笑ってくれなかった。


その後の事情を説明しようとエトワールを訪ねたが、メイド頭のジョアンに止められた。

どうやら彼女は早々にベッドに入ってふて寝したらしく、私室から出てこないらしい。メイド頭のジョアンは取り次いでくれようとせず、「王女様はもうお休みです」と繰り返すばかりである。大尉時代からそうだが、中将になったところで、呼ばれもしないのに部屋に押しかけることは許されない。

外ではともかく、このオーヴィル城内では、相変わらずロランとエトワールの間には、厳然たる身分の差があるのだ。そういうのを意識するのは、実にこういう時である。

おまけにジョアンからは、そこはかとなく非難の目で見られている気もする。どうせエトワールは酔い潰《つぶ》れているに相違ないが、そうなったのもロランのせいだと思われているらしい。

エトワールが勝手に鯨飲して勝手に泥酔したというのに、心外な話だった。

やむをえず、ロランはスカイシップの仲間のところに戻り、事情を説明して明朝の準備をした。まだ連合軍の追撃から戻ってきていない者もいたが、出迎えている暇などない。

ロランは、シオンと戻ってきたばかりのフューリーを呼び、留守の間のことを念入りに頼んでおいた。

——翌日の朝、エトワールはロランの予想よりも早く、中庭に飛んできた。

顔色が悪く、いかにも二日酔いの様子だが、誰かから情報を仕入れたらしい。

自分の荷物（大半は酒と食べ物）をスカイシップまで運んでいたロランの元へ、駆け寄ってくる。ロランは一旦荷物を下ろし、出迎えた。

驚いたことに、姫君は夜着の上にストゥールを羽織っただけの格好だった。よほど急いで部屋を飛び出したらしい。

「早いな……まだ日が昇ったばかりだぞ」

「そりゃ、昨日あれだけ眠ったら——て、そんなことはいいのっ」

エトワールは子供のように地団駄を踏んだ。

「ジョアンから聞いたわ。アンダーワールドに戻るって……どういうこと⁉」

ロランは顔をしかめた。

だから、出立するまでしゃべるなと、あれほど言ったのに。てっきり、お堅いジョアンも協力してくれると思ったのだが。

「黙ってないで、ちゃんと話してっ」

「……大したことじゃない。俺にはテストが必要なんだとよ」

ごく簡単に、ニケの訪問理由を教えてやった。

「つーわけで、俺はあそこに戻って、魔王の証明とやらをしてくる。どうやら、ごく簡単なテストらしいし、すぐに済むだろ」

「証明なんかするまでもないじゃない⁉　そんなの、無視してよ！」

エトワールはほとんど叫んでいた。

同行する予定のニケが、スカイシップの甲板から見下ろしたほどである。

エトワールもニケに気付き、両手を腰に当てた。トップクラスの魔族戦士の威光も、生まれついての王女には効果がなかった。

「あなたねっ、うちのロランに妙なこと吹き込まないでっ」

「待て、エトワール。こりゃ、俺達のためでもあるんだ」

ロランは興奮するエトワールに囁く。

「魔王の証明とやらに合格すりゃ、さらに強力な味方がこっちについてくれる。あのフューリー達を遥《はる》かに凌駕《りょうが》するヤツららしい」

「……フューリーって誰よっ」

そういや、こいつはまだ名前を知らなかったのである。というか、魔族とはほとんど口も利いていない。それは向こうも同じだが。

「この船でアンダーワールドから連れてきたヤツらのリーダー格だ。けどな、実は本物の一線級は、他の場所にいたらしい」

すかさず文句を並べようとしたエトワールに、ロランは畳み掛ける。

「まあ聞けって。メリットはまだあるんだ。俺が無事に認められたら、今度はそいつらにプラスして、例のLT兵器も持ち帰る。ほら、覚えてるだろ？　魔族が秘蔵するという、究極の兵器。連合も狙《ねら》ってたって、ジャックも言ってたろうが」

「だからって……何も今じゃなくても。帰ったばかりじゃない」

渋々ながら納得しかけているのか、エトワールの声が落ち着いてきた。良い兆候である。ここぞとばかりに、ロランは声を励ます。

「今だからだ！　敵の侵攻を、なんとか跳ね返したところじゃないか。せっかく与えられた時間だ、有意義に使わないと」

エトワールは俯《うつむ》いて花壇の縁石を蹴飛ばしたりしたが、しばらくしてまた顔を上げた。

「じゃあ、私も行く」

「無理だってわかるだろ？　陛下がまだあんな状態だし、おまえはここでみんなをまとめないと。ヨハンだけじゃ無理がある」

「わかるけど……でも、ロランがいてくれなきゃ嫌だモンっ」

子供か、おまえはっ。

そう突っ込みかけたロランだが……エトワールの目に涙が盛り上がっているのを見て、焦った。この子は別にふざけているわけではなく、珍しく本音を告げてくれたのだと悟った。

ロランは……少々乱暴にエトワールを抱き寄せた。

「こ、ここだと……ちょっとまずいわよ、ロラン」

か細い声でエトワールが言った。

ただし、自分からふりほどくことはしなかった。

「今は誰も見てない。それより、ちゃんと帰ってくるから、信じて待っててくれ。二日前と違って、別に戦いに行くわけじゃないし」

「でもロランは……前にアンダーワールドであんな目に」

何かを言いかけ、しかし結局、エトワールは首を振った。

しばらく俯いて考え込んでいたが、やがてそっと顔を上げる。

「行くしかないのね。……連合だって、まだあきらめてないだろうし」

「そういうことだ。アメンティはしぶとそうなヤツだからな。さらなる切り札を用意しておかないと」

「……わかった」

エトワールは自分から身を離した。ただ、離れる際に背伸びして頬に一瞬だけ口づけをしてくれた。

「電信信号で、ちゃんと状況を知らせてねっ」

「ああっ。もうやり方も覚えたし、ばっちりだ」

再び革袋に詰めた荷物を担《かつ》ぎ、ロランは手を上げる。金属梯子《ばしご》に足をかけて上る最中にも、エトワールはやかましく声をかけてきた。

「それからっ。成果ナシでもいいから、とにかく無事に戻ってきてよ。約束だからねっ、破るとひどいからっ」

「大丈夫だって！　戦うわけじゃないし、ちょっと散歩に行くようなもんだぜ」

甲板に上ったロランは、そこから笑顔で手を振ってやった。まるで図ったように、ふわりとスカイシップが浮き上がる。

ロランとニケを乗せて、そのまま上昇していった。


「……ロラン」

微かに洟《はな》をすすり上げて見上げるエトワールの背後で、誰かが呟く。

「……我が君」

「え、ええっ⁉」

エトワールは背筋がぞわっとして叫びそうになった。焦って振り向くと、いつものようにご大層なドレス姿のシオンが、両方の眉を下げて哀しそうにスカイシップを見上げている。

「なんてこと！　あ、あなたも残るのっ」

——無視された。

シオンはなんの反応もせず、寂しそうに天を仰いだままである。

「返事しなさいよっ」

エトワールがむっとして促すと、やっと横目でこちらを見た。……背筋にぞくりとくる冷たい視線で。

「シオンが……喜んで残ってると思うの」

二人の間に火花が散る。

実に先が思いやられる光景だったが、幸か不幸かもうロランは遥かな空の向こうだった。

「王女様っ」

背後からの声にエトワールが振り向くと、メイド頭のジョアンが走ってくるところだった。この格好を咎められるのかと身構えたが、そうではなかった。彼女はなぜか上空を仰ぎ、首を振ったのだ。

「遅かったですか……ロラン殿はもう行ってしまわれたんですね」

「え、どういうこと？」

「門番からの話ですが、不審な者がロラン殿に手紙を渡してくれと」

「不審な者？」

オウム返しに言い、エトワールは眉をひそめる。横目で見たが、シオンにも心当たりはないのか、興味深そうにジョアンを見ている。

「まあ、悪戯《いたずら》かもしれませんし、そうお考えになることは。預かった手紙も、彼が帰るまで保管しておけばいいでしょう」

「ちょっと待ってよ。結局、その不審者はなんて人なのよ」

「いえ……誰かはわかりませんが、どうも女性だったと――」

「手紙を見せてっ」

皆まで訊かず、エトワールは叫んだ。

メイド服姿のジョアンが、ぎょっとする勢いだった。

☆

後に名付けられた「トゥールの奇襲」については、連合ではごく早い段階で敗戦の第一報を受け取っていた。生き延びた情報士官が国境まで撤退した後、首都のノーランディアに電信信号で知らせたからだ。

その時、革命評議会に名を連ねる若手議員のダンテ・ベルフォーレは、たまたま地下の秘密施設にいた。

そこには、アヴァロン各地から発掘された第一時代の古い遺産、すなわちＬＴ遺産の機械の欠片やその一部などが運ばれてくる。それらを研究分類して、兵器として使えそうなものを探し、可能なら元通りに再生するのがここの役割だ。

同じような施設は、それこそアヴァロン全土に設けられているが、当然ながらノーランディアにあるここが、一番規模が大きい。

パーティションで区切られた数多くの囲いの中に、専門分野の違う複数の研究員が詰め、机の上で集められたLT遺産を分類——あるいはその用途を研究している。

そして敷地の中央はあえて広く空間をあけ、LT兵器の再生組み立てなどが行われる場所となっていた。

総帥アメンティの号令の下、この施設では技術者や研究者達が昼夜を徹して働き、明かりが途絶えることはない。

最近では大型のビーム兵器の再生に成功し、既に実戦配備された。現在、同様の兵器の二号機以降を制作中で、地下施設の中は活気に溢《あふ》れている。

敗戦の報が入ったその朝、ダンテは評議会議員として、施設の視察に訪れていた。議員は月に何度か重要施設を視察に回る義務があり、その日はダンテの番だったからだ。この程度の職務では、自らの補佐官のみを派遣する議員が多いが、律儀《りちぎ》なダンテは常にきちんと自身で足を運んでいる。

ただ、偶然だがその朝はアメンティ総帥自身も地下施設に来ていた。

広大な施設内を少し上から見下ろせる場所があり、彼はそこで白衣の研究者達を眺めていたのだ。天井が高い吹き抜けの施設内には、壁の半ばに剥《む》き出しの鉄製通路が固定されており、それぞれ下から階段で上がれるようになっている。アメンティがいる部屋は、壁の中途に不自然に突き出している。三方の窓が広くとられていて、確かに施設内を眺めるには都合がよい。

普段その部屋は、上級研究員が集めたデータを整理しているのだが、アメンティが追い払ったのか、その時は彼しかいなかった。

ダンテはその斜め下——通常の研究員が出入りする入り口から施設に入ったばかりであり、総帥が上にいることにすぐ気付いた。

声をかけるほど近くもなく、なんとなく見上げたまま立ち止まってしまう。正直なところ、ダンテはアメンティが苦手だし、さほど話すこともないのだ。幸い、アメンティはまだダンテに気付いていない。

そのうち、施設内を見下ろしていたアメンティは、背後から情報士官が来て振り返った。何か急報でもあったのか、士官の顔はガラス越しに見ても青白い。

アメンティの横顔は相変わらず冷静そのものだったが、ただし眉をひそめて深刻な表情を見せていた。それでも、動ずることなくしばらく会話を続け、やがて彼は手を振り、士官を部屋から追い出してしまった。


——ダンテが違和感を感じたのは、次の瞬間である。

またしても一人になったアメンティは、その途端、すうっと笑ったのだ。士官の前で見せていた真面目な表情は、拭ったように消えている。代わりに、ひどく暗い笑みを浮かべていた。

少なくとも、ダンテにはそう見えた。

普通ならどうということのない光景だが、しかしダンテは大いに不審を覚えた。なぜなら、直前に報告をしていた士官の顔は、どう見ても吉報をもたらしたようには見えなかったからだ。現に、彼と話している時、アメンティは笑顔の気配も見せなかった。

考えている間に、ふとアメンティが右斜め下——つまりダンテが立つ入り口の方に顔を巡らせそうになった。反射的にダンテは廊下へ飛び出し、彼の視線を避けた。なぜそうしたのか、自分でも説明しがたい。何となく、総帥の笑顔を見ていたと知られたくなかったのだ。

胸を押さえ、見つからなかったことを安堵《あんど》する。

正直、もう視察などしている気分ではなかった。

その代わりダンテは、廊下を走って階段に至り、そこを二段飛ばしで上って、上の階に出た。あの部屋から出た士官が通るとしたら、この廊下になるはずだが……幸い、目指す相手の背中が見えた。

「おい、待てっ」

ダンテが走りながら呼び止めると、驚いたように足を止め、振り返る。

「誰だ？」

迷惑そうな顔だったが、ダンテの軍服を見てたちまち姿勢を正した。襟元の青い円形の記章を見て、その身分に気付いたのだ。

「これは……議員っ。失礼しました！」

「気にするな。どうせ俺は成り立てだしな」

答礼し、ダンテは皮肉な口調で答える。

困り顔の相手を無視し、早速尋ねた。

「さっき、総帥にご報告していただろ？　下から君の顔を見ていて、ただ事ではなさそうだと思ったんだが。差し支えなければ教えてくれ……何かあったのか」

「はっ。実は、帝国に侵攻していた我が遠征軍が」

そこで彼は、言いにくそうに唾《つば》を飲み下した。

「その……敵地から撤退したとの報告です」

「なに？　どういうことだ、もう少し詳しく頼む」

「は、はいっ。実は、まだ暗号通信が入ったばかりの段階なんですが――」

断りを入れつつ、手短に教えてくれた。

評議会議員が相手とあって、特に隠し事などもしなかった、と思う。

しかし……聞くうちにダンテは唸った。これは撤退どころの騒ぎではない。

第一報の段階で、既に損耗率三割を超えているだと⁉　戦術的な撤退ではなく、明らかに連合が大敗したのだ。

「まさか今のクラウベン帝国に、まだそんな力が残っていたとは」

「同感であります。わかりませんが、どうも今回の帝国軍は、新たに赴任した総指揮官がひどく優秀な男だったらしく……おまけに、謎の援軍まで加わっていたとのことで」

「指揮官の名は？」

「未確認ですが、中将に成り立ての、ロラン・フランベルジュという男です」

「あの王室警護隊長かっ」

「ご存じですか⁉」

ダンテは上の空で手を振った。

「いや、エトワール王女と総帥の初めての対面の時、随行員として俺もいたのでな。その時に、儀礼的に少し話しただけだ……そうか、あいつか」

ゆっくりと首を振る。

最初に見た時、「なんて底冷えのする目つきをするヤツだ」と思ったものだが、まさかそいつによって、無敵の連合が初の大敗を記録するとは。

ダンテはいつしか、ロランの顔と総帥の笑みを重ね合わせ、小さく独白した。


「……全く、笑ってる場合じゃないな」


「当然ですとも！　笑うような話ではありませんっ」

若い士官は義憤に燃えた声を出した。

ダンテがなぜそのようなことを呟いたのか、理解できなかったのだろう。

「総帥は終始、落ち着いていらっしゃいましたが、しかし厳しい表情を見せておいででした。すぐに、対抗手段をとるとのことです」

「――そうか」

気もそぞろに答え、ダンテは内心で思う。

いつからだろう……俺が、あの総帥に違和感を覚え始めたのは。

開戦以来、敵から何度も和平案が出されているのに、その全てに対して「考慮の余地もない」と言い切った二年前か？　あるいは弱体化した帝国相手には不必要と思われる、強力なLT兵器の開発を指示した時か？　それとも、帝国の捕虜を裁判抜きで絞首刑にした時だったか？　もちろん、理由があるとはいえ、敵国の王女に対する執着にも怪しいものを感じる。

……一つ一つの出来事は、さほどのことではないのかもしれない。しかし、小さな疑問が積み重なり、今のダンテはアメンティ総帥を密《ひそ》かに疑っている。彼の目的は、果たして本当に打倒帝国にあるのか、疑問視し始めている。情報士官を下がらせた後も、ダンテはひたすら考えていた。

総帥、貴方は商業都市連合に属する数千万の民を、一体どこへ導こうとしているのだ？


同じくその頃《ころ》、急遽《きゅうきょ》、地下施設を出たアメンティは、一度自らの執務室に戻り、そこから機械式のエレベーターで評議会本部建物の最深部まで下りていた。

地下十二階にあるそこは、実は先程の研究施設より、さらに下の階に当たる。本部ビルの建設当初、突貫工事で無理に繋《つな》げてはいるが、実はその階層は元々、連合が建設したわけではない。

第一時代の昔からそこに埋もれており、その当時に大陸の民を導いた、エグザイルと呼ばれた賢者達が建設した遺棄建造物——と推測されている。

もちろん、どうしてそんな地下にあるのか、その理由も誰も知らない。

アメンティは新評議会を建設した当初から、この階層には必要最低限の者しか入れなかった。彼以外に十二人しかいない、評議会議員達でさえ、ここで何が行われているのか知らないほどだ。

何枚ものカードでセキュリティーをパスし、幾つものドアを越えて、アメンティはやっと目指す場所に着く。扉に付属した数字板にパスコードを打ち込んで中に入る。

そこには、失われた技術で作られたコンピューターと呼ばれる機械が、入り口を除く三方の壁にずらりと並んでいる。機械は現在も稼働中で、コンソールの明かりがしきりに明滅し、計器も正常に動作中だった。

温度は、一年を通じて常に一定に保たれており、常人には少し肌寒い。全てはここと、その奥の処置室を正常に保つためだ。

この部屋には、中央にベッドに似た大型カプセルのみ、ぽつんと置かれている。ただし、強化プラスチック製の覆いは既にオープン状態であり、長身の男が一人、寝かされていた。

アメンティが入室すると同時に、部屋は自然に明るくなり、彼を照らし出す。

拘束衣を着せられ、さらに身体の何カ所も拘束ベルトで固定されている。相手が相手だけに、万一にも身動きできないよう、厳重に縛られているのだ。

男は、遠目には顔色があまりよくない。状況からして、病み上がりにすら見えた。ただし、そばへ寄ると見事に印象が変わる。

短めの黒髪はロクにセットもされず、前髪が奔放な角度で額に垂れている。しかし、それがまたかえって男の精悍《せいかん》さを引き出しているようにも見えるから、不思議だ。

目つきもよいとはいえず、間違っても穏やかな性格には見えない。男にしてはいささか肉の薄い顔立ちで、そこはアメンティに少しだけ似ている。

ただし、見ようによっては優男にも見えるアメンティとは、明らかに雰囲気が違う。

それもそのはず――彼は「生前」、人生を通してずっと戦士だったのだ。


「またおまえか、アメンティ」

男が低い声で言った。

商業都市連合の総帥に対し、遠慮のない口の利き方だった。しかし、アメンティは別に気を悪くしない。彼を目覚めさせたのもここへ縛り付けたのも、アメンティ自身だからだ。

固定された椅子に座し、アメンティは男を見下ろした。

「……ロランのことで話し合いに来た」

「ロランだと⁉」

さすがに反応があった。

男はぎらりとアメンティを睨み付ける。

「気に入らん持ちかけ方だな。俺をコールドスリープ状態で放置したと思ったら、叩き起こして今度は何をやらせる気だ」

「仕事を頼みたいんだよ……レオン」

アメンティは、やっと男の名前を呼んだ。

レオン……あの男と同じく、傭兵《ようへい》世界ではその名を知られた戦士だ。

「そろそろ思い出しただろう？　私の下した命令に従い、君は連合の手練《てだ》れ達と、オーヴィル城内に侵入した。目的はエトワール王女の誘拐で、途中までは上手くいったはずだ。しかし……最後の最後で、あの男が邪魔をした。そうだな？」

アメンティ自身も、ふと当時を思い出す。

総帥就任直後、真っ先に立案したのが、オーヴィル城内への侵入並びに、エトワール王女の誘拐計画だった。

計画の方は既に前総帥に進言して、以前から進めており、専門のチームまで訓練していた。後はゴーサインを出すだけで、アメンティは権力を得た直後、迷わずそうした。

結局、王女を警護する腕利きの剣士に阻まれ、誘拐は失敗に終わったが。

「再び、君の力が必要になったということだ」

「厚かましい話だな」

「……君だって、せっかく目覚めたのにまたコールドスリープに戻りたくないだろう？」

「おもしろいな、やってみろ」

レオンはせせら笑った。

強がりではなく、本当にこちらの脅しを歯牙《しが》にもかけていないのだ。しかし、そういう態度に腹を立てるアメンティではない。むしろ、この剛毅《ごうき》さは頼もしく映った。

「何を迷う？　今回はロランを相手にするだけでいいんだぞ……それこそ、君の望みだろう」

アメンティはレオンの不敵な目と視線を合わせた。

「王女の方は、また別な手を打つ。君は、今度こそロラン・フランベルジュを倒してもらおう。体調はもう、全盛期の頃に戻ったはずだ。あの男はただの人間にしてはやるが、名だたる傭兵の君なら――」

セリフの途中で、アメンティは口を閉ざす。レオンが愉快そうに笑ったからだ。先程の嘲笑《ちょうしょう》と同じく、心底、アメンティを馬鹿にする笑い方だった。

「何かおかしいか？」

「おかしいね。アメンティ……おまえは、あの男のことを何もわかっちゃいない。そして、この俺のこともだっ」

その刹那、レオンを拘束していたベルトが全て弾《はじ》け飛んだ。さらに拘束衣も一瞬にして引き裂き、全裸のレオンが飛び起きる。

気付いた時には、アメンティは喉元《のどもと》を押さえられ、背後の機械に叩き付けられていた。

「攻守交代だな」

アメンティも背が低い方ではないが、レオンはさらに高い。片手一本でアメンティを軽々とずり上げ、睨んでいた。

「瀕死《ひんし》の重傷を治してくれたのは有り難《がた》いが、どうせそれも、おまえの都合でやったことだろう……礼を言う義理はない」

「私も、別に礼など望んではいない」

アメンティは喉を締め付けられたまま、平然と答えた。

まるで動じず、苦しそうな表情も見せない様子に、さすがのレオンも顔をしかめた。

「おまえは――」

「確かに、瀕死の君を冷凍保存したのも、今になって治療したのも、私自身の都合故だ。しかし、それがどうかしたか。我々は、最初から友情などとは無縁の関係だろう。君と私の目的がたまたま一致するから、今回は互いに協力する……それで、何か不都合があるのか？」

レオンはまだ手を放さず、視線の険しさも変わらない。アメンティは自分の喉元を締め上げるレオンの手首を掴み、掠れた声で続けた。

「さあ、最後の返事を聞こう。協力もご免だというのなら、ここでやり合う他はない。どうやら互いに誤解があるようだが、私が君を恐れていると思うのなら、それは間違いだと言っておくよ……後悔することになるぞ」

数秒ほど、互いに動かなかった。

しかし、レオンは唐突に手を放し、アメンティを下ろした。踵を返し、自分が寝ていたカプセルベッドに腰掛ける。

「いいだろう……おまえの言うことにも一理ある。俺も、利用できるうちは、おまえを殺さずにいてやろう」

「どうやら、話がつきそうじゃないか」

静かに微笑するアメンティに、レオンはしかし釘《くぎ》を刺してきた。

「ただし、さっき白状したように、俺の今の望みはあいつを倒すことだけだ。十年前の借りを返さねばならん」

「それでいいとも」

アメンティは頷いてやった。

とはいえ、内心は別である。本当は、今はそれでいいという意味だ。レオンの力が他で必要になったら、また借りることになるだろう……本人の意志は関係なく。今回のことについても、全てはもう準備されている。

ぜひとも、彼には働いてもらう必要があるのだ。

「十年間のブランクを取り戻すためにも、君には色々と教えないといけないな。それが終わったら、早速、クラウベンに飛んでもらおう」

「よかろう」

「よし、やっと互いにわかり合えた」

にこやかに答えたが、アメンティはまるで別のことを考えていた。

これでまた、駒《こま》が増えたわけだ。

せいぜい、アヴァロンという名の盤面で踊ってもらおう。

Chapter 4

アポストル・ファイブ

ニケと共にスカイシップに乗り込んだロランは、その日のうちにはもう退屈していた。

とりあえず、ニケは美少年としては際立《きわだ》っているが、ロランの飲み相手としては最悪だった……なにしろ、酒が嫌いだそうなので。

退屈しのぎの話相手くらいにはなるが、そちらもあまりぱっとしない。上品に受け答えはするものの、どうも動かしがたい壁を感じるのだ。早い話が、よそよそしい。おそらくニケは、まだロランを信用していないのだろう。

とはいえ、それについてはロランは特に腹も立たない。むしろ、最初に出会ったシオンの態度の方が、魔族としては有り得ないと思う。

ニケは初対面の時は揉《も》めかけたが、ロランと二人になると特に敵意は見せないし、内心で警戒されているくらいは、やむを得ないだろう。ロラン自身も、自分が魔王であるなどとは今一つ信じられないのだから。

スカイシップの操縦はほぼ自動であり、しかもニケはエトワール以上にスカイシップに詳しいようだった。よって、数日間に及ぶ船旅には支障はないが、その間、ロランは飲んだくれているしかなさそうである。

……と、最初は思ったのだが。

オーヴィル城を飛び立ったその日の夜、ロランは早速、奇妙な経験をした。

このスカイシップは元々、シオンが閉じ込められていたディスペアーからぶんどってきたものので、おそらくあそこでは、物資搬入用として常備されていたのだろう。そのため、広さは十分にある。

操縦室以外にも、寝泊まり可能なキャビンが二桁《けた》以上あり、その下には荷物を積む船倉が区画ごとに大きく場所を取られている。だからこそ、魔族の戦士達を大勢運んで帰れたわけだ。

——最初の夜、ロランはしこたま飲んだ後、階段を使い、船倉まで下りてみた。トイレに行きたくなったのだが、散歩代わりにあえて遠い船倉のトイレを使おうと思ったのだ。

船倉の半分は板仕切りで多くの区画に分けられ、残りの半分は大きめの荷を積むため、吹き抜けの広い空間になっている。

ロランは区画に分けられた方にある、中央の廊下を通り、その先のトイレへ行こうとした。しかし……階段を下りて歩き出した途端、暗い廊下の向こうで何かが視界をよぎった。

ニケか、と最初は思ったが、今見たのはどうもスカートの端だったように思えてならない。これでもロランは、夜目が利《き》く方なのだ。

最低限の明かりしかない船倉といえども、滅多に見間違いなどしない。

多少は気になったので、ロランはトイレが済んだ後、わざわざ船倉の廊下を通り、その先まで様子を見に行った。

……誰《だれ》もいない、気配もしない。

そこは十字路になっていて、前後左右をまんべんなく調べることができる。先程の「誰か」は、ロランから見て右の廊下から左の廊下へと走り抜けたように見えた。しかし、左の先はそのまま船倉の端まで至り、終点である。まあ、途中の区画のどこかに隠れたら別だが。

「おーい、誰かいるのか？」

返事もなく、気配もなし。

ロランはめんどくさくなり、そのままとっとと上のキャビンに戻った。勘違いとは思わないが、くまなく調べるには船倉は広すぎる。

せめて、ニケに心当たりを訊《き》いてからにしようと思い……そのまま忘れて眠ってしまった。


ところがこの奇妙な異変は、夜が明けてからも続いたのだ。昼前に目が覚めたロランがキャビンのドアを開けた途端、また視界の隅で何かが見えた。

さっとそちらを見ると、廊下の行き止まりを甲板の方へ消える「何か」が見えた。今度は細い腕の指先が、一瞬だけ見えた。

エトワールか⁉　と当初は思ったが、ロランはすぐに自分で否定した。彼女はオーヴィル城内からスカイシップを（心ならずも）見送っていた。それは間違いない。追いついて乗り込むなど、無理な相談だ。このスカイシップはずっと空を飛んでいるのだから。しかし、二日続けてとなると、さすがのロランも捨て置く気にはなれない。

大股《おおまた》で廊下を進み、突き当たりを右に折れる。その先の船外ドアを開け、甲板に出た。縦長に連なるキャビン部分を、外から一周するようにぐるりと回ってみる。誰もいない……しまいにはマストに上って甲板全体を俯瞰《ふかん》してみたが、南風が吹き付けるだけで、人影など見当たらなかった。

首を傾《かし》げて船室内に戻り、操縦席と続きになっている大キャビンに入る。固定されたソファーにニケが座っていて、ロランを不思議そうな目で見た。

「さっき、何を考えてマストに上ってたんですか。人間の趣味とか？」

「……高いトコが好きなんでな」

皮肉で返したが、ロランは思い直した。そういえば、こいつの連れという可能性がある。テーブルを挟んだ正面のソファーに陣取り、ロランはニケに尋ねた。

「おまえ、他《ほか》に誰か連れてきてるか？」

「何かありましたか」

輝く金髪を指で弄《いじ》りつつ、ニケは素っ気なく聞き返す。ロランが昨晩の出来事と今見たことを述べると、少し眉《まゆ》をひそめた。

「この僕が、気配に気付かぬはずはないですが」

「……そりゃ俺《おれ》だって同じだ。辛うじて気配がしたのは、スカートの切れっ端やら指先が一瞬、見えた時だけだ。そういうことで勘違いはしない方でな」

「しかし、僕には心当たりが――」

言いかけ、ニケは上品な仕草で片手を額にやった。

じっと考え込み、

「スカートということは、貴方《あなた》が見たのは女性の姿ですか」

妙な言い方をするヤツだと思い、ロランは頷《うなず》く。

「確実に女だな。あんなか細い手の男はいないだろう……多分」

ニケはゆっくりと苦笑を広げた。

座り直し、妙な目つきでロランを見やる。

「アポストル・ファイブのことは、もうお話ししましたか」

「……いや。シオンがちらっと言ってたが、説明はなかったな」

「魔族の精鋭中の精鋭で、名前通り五人います。一人は今は留守にしていますが、他のメンバーはアンダーワールドにいます。僕もまた、アポストル・ファイブの一人ですね」

「シオンもその中に入ってんのか？」

ニケは肩をすくめた。

「あの方は、いわゆる別格なので。我が君の右腕みたいな人ですから」

「ふむ？　そういや、抱き付いてきたり、膝《ひざ》の上に乗ってきたりするしな。随分と馴《な》れ馴れしいっつーか」

「ご不満ですか」

「いや、全く不満はない！」

ロランはきっぱりと言い切った。

外見年齢的にはともかく、女の子に抱き付かれて嫌なはずはない。いつでもどうぞ、という感じである。

そう言ってやると、ニケは珍しく声を上げて笑った。皮肉な笑い方ではなく、少年らしく心から楽しそうに。意外といいヤツなのかもしれない。

「……話を戻しますが」

咳《せき》払いして、続ける。

「僕以外の四人は、それぞれ極めて癖の強い戦士です。貴方が見たのは、そのうちの一人かもしれません……単なる勘ですけど。あの子なら、貴方を追いかけてきても不思議はない」

今やニケは、ロランをじっと見つめていた。

「じゃあ、なんで俺の前に現れないんだよ。おかしいだろうが」

「……性格的なものですね。ひどく恥ずかしがり屋なので」

ロランは渋面で見返した。

別に人の性格にケチを付ける気はないが、それで果たして戦えるのか？　と思ったのだ。しかし、沈黙を違う意味に取ったらしく、ニケはわざわざ説明してくれた。

「間違いないですよ。何しろ貴方は、あの子と重大な約束があるのですから。噂《うわさ》を聞きつけ、早々と真偽を確かめにきたのだと思います」

どんなヤツなのか、ロランはもちろん気になった……が。訊くにはためらいがあった。だいたいその「約束」ってのはなんだと思う。自分が元魔王という意識もないのに、そんな大昔の約束を持ち出されても困る。

「金でも借りてたのか、俺」

冗談めかして手を広げたが、ニケは今度は全然笑わなかった。

「そんな生やさしい約束ではありません。正直、死者を蘇《よみがえ》らせる方が易しい気がします」

とんでもないことをさらりと告げられ、ロランはそれ以上質問する気が失《う》せた。死者を蘇らせるより難しい？

なんでこの俺が、そんな難儀な約束を履行せにゃならんのだ⁉

「だ、だが……アポストル・ファイブとやら達は、魔王の部下だったんだろう？」

「部下ではなく、臣下ですよ。もちろん、あの子もそうです。貴方が本物の魔王だと信じれば、黙っていてもちゃんと出てきて、精一杯の忠義を尽くすでしょう。けど、もしも貴方が偽物《にせもの》だとわかれば──」

ニケは真面目《まじめ》な顔で、自分の首を人差し指で切る仕草をした。

間髪いれず、首を振る。

「いや、その場合は僕の姉の方が先に襲い掛かってくるでしょうね。貴方はすぐさま死ぬことになる」

特に声を低めるでもなく、ニケは堂々と言ってのけた。

どこをどう見てもこちらの安否を気遣う調子ではなく、それで当然と言いたそうだ。ロランは思わず顔をしかめる。

前言撤回……こいつは実に嫌なヤツだ。

☆

前回と違い、今回は特に敵と遭遇することもなく、ロラン達のスカイシップは順調な空の旅を続けた。

ただし、旅以外のことで、ロランは思わぬ心配事ができた。午前と午後の二回、帝国本国へ無事を知らせる電信信号を送っておいたのだが、アンダーワールドへ到着する前日、なんとエトワールの名で返信が来たのだ。

長文の電信信号は数度に渡って届き、ロランは持参していた暗号表と首っ引きで、なんとか解読を果たした。

結果、重要なことがわかった。

……連合総帥のアメンティは、トゥールの大敗を歯牙《しが》にもかけず、早速、次の軍事行動を指示したらしい。いやそれどころか、当初から数回に分けて大軍を繰り出す予定だったようだ。どうも連合側は、最初から一気にオーヴィル城を落とす気はなく、軍勢を後から後から送り込み、王都ごと十重《とえ》二十重《はたえ》に取り囲んでしまう予定だったらしい。

今現在は、またしてもクラウベン国境に向けて軍が移動中だと。

それと、他にも妙な情報が届いた。これはロラン自身のことで、どうやらロランの命を狙《ねら》う者がいる——とのこと。

情報提供者が誰かは明らかでなく、怪しい女が密告してきたそうな。早朝、オーヴィル城の門番に、メイド頭のジョアン宛に手紙を託したのだ。ジョアンが読むと、そこには「ロランの命を狙う者がいる」などと書いてあった。

エトワールは、「その女って誰っ」とわざわざ通信文に書いてきたが、人物については、ロランには特に心当たりがない。

警告の方は、別の意味で見当がつかない。正直、そちらは心当たりが多すぎる。自分を殺したいヤツなど、その辺に山ほどいるので。

ただエトワールは不安なのか、「用心しなさいっ」などと説教文章が並び、最後にこう書いてあった。

『早く帰ってきてよ、ロラン！　コレは国王代理の命令だからねっ。以上‼』

……冗談めかしていたが、彼女の焦《あせ》りが伝わるような文面だった。

まあ気持ちはわかるが、手ぶらで戻ったところで意味はない。ロランとしては、魔王の証明はどうでもいいとしても、今度こそ魔族の持つＬＴ兵器を持ち帰りたいところだ。

アメンティがあくまでクラウベン攻略をあきらめないのなら、なおのこと強力な切り札がいる。躊躇《ちゅうちょ》している場合ではない。

あいつにはシオンもついているし、滅多なことはあるまい。

ロランは強いて自分にそう言い聞かせた。

翌日の午後、ロランとニケ……と謎《なぞ》の誰かを乗せたスカイシップは、前同様に偽火山の噴火口から降下し、アンダーワールドへ入った。

ベッチナ火山の地下に広がる大空洞を、ニケは船の舵輪《だりん》を軽く動かし、真《ま》っ直《す》ぐ北へ進む。

「人間は不便ですね……こんなのを使わないと飛べないのですから」

ニヒルに呟《つぶや》く美少年を、ロランは遠慮なく遮る。

「それより、今回もヴェルガンみたいな極悪魔族が出てくるんじゃないだろうな」

「アポストル・ファイブがいる村に、そんな粗暴者がいるはず――」

言いかけ、ニケはなぜか口ごもった。

「なんだよ、途中で止めるなよ」

「まあ……特に問題はないはず。大丈夫でしょう」

怪しすぎる呟きを洩《も》らし、ニケは先を指差す。

「ほら、森の真ん中に草原地帯があるのが見えますか？　あそこの隅に固まってる村です」

言われ、ロランはニケの横に立つ。

風防ガラス越しに前方を見ると、前回より遥《はる》かに規模の大きい森が見えた。奇妙にねじれる枝を持つ木は前も見たが、面積は比べ物にならない。数倍は広いのだ。そして、森のちょうど真ん中辺りにぽっかりと木の生えない部分がある。そこに、木造家屋が並ぶ村が見えた。

「……前より人口が多そうじゃないか」

「一人で何軒も持つ仲間もいますし、いちがいには言えないでしょうね。ただし、ここにいるのは精鋭中の精鋭ばかりです」

心持ち胸を反らし、ニケが無駄な自慢をする。前から思っていたが、こいつはどうも、妙なところでプライドが高い。

ロランが無言でいるうちに、ニケがコンソールを弄って高度を落とす。ちょうど、森と村の境辺りに着陸した。

ニケが横目でロランを見た。

「……貴方の生死を決める場所に着きました」

「何があろうと、俺は生きて帰るさ。何しろ、女を待たしてるからな」

ロランは肩をそびやかし、率先して甲板へ出た。

金属梯子《ばしご》を下り、草原に降り立つ。

突然、誰かに怒鳴られた。


「貴様あっ、何しに来やがった、くそったれがあっ」


もういきなり、がくっと膝がよろめきそうになったロランである。ニケみたいなのが大勢いるのかと思えば、誰だこの馬鹿《ばか》は！

顔をしかめて村の方を見る。

……そいつはすぐにわかった。何しろ、とんでもない大男なのだ。軽く見積もっても、二メートル以上はあるだろう。

赤銅色の素肌に羽織った、黒光りする革製の上着から、分厚い胸板が今にも弾《はじ》けそうである。剥《む》き出しの両手も、ロランの胴体ほども太い。男の短い黒髪が逆立ち、巨眼を見開いてロランを睨《にら》んでいる。

ロランは顎《あご》を落としてそいつを眺めた。

魔族は男女を問わず、超美形ばかり――やっと再構築されたロランの固定観念を、こいつはまた、あっさりと再破壊してくれた。

悪いがこいつは、どう見ても美形には見えない……胸毛が生えてるし。

鼻息も荒く睨む男に、ロランは眉をひそめる。なんでいきなり怒ってるんだ、こいつ。

「ニケ、この馬鹿はなんだ？」

「あ、そういう口の利き方をされると」

忠告は遅かった。

男がいきなり吠《ほ》えたのだ。

「なにいっ。もう一度、言ってみろ、貴様ああっ」

唸《うな》りを上げて拳《こぶし》が飛んできた。

十分に警戒していたロランなのに、脇《わき》へ跳んで避《よ》けるのがぎりぎりだった。拳骨《げんこつ》は文字通り唸りを上げて通り過ぎ、スカイシップを直撃した。次の瞬間、木っ端《こっぱ》が飛び散った。

破壊音がして、なんと船底部分に穴が空いた。

「避けてんじゃねえっ」

「避けるに決まってるだろ、馬鹿野郎っ。おまえ、喧嘩《けんか》売ってんのか⁉」

頭にきたロランは、即、腰に下げていた刀を抜く。元々、お愛想《あいそ》笑いで場を誤魔化すタイプではない。その気ならいつでもやってやる！　と思っている。

「おぉ、喧嘩が望みかあっ」

男は嬉《うれ》しそうに吠えた。

ぎらぎらと燃える目でロランを見やり、きっぱりと言ってのけた。

「俺ぁ、おまえが本物だろうが偽物だろうが、どうでもいいっ。魔王に関係ありそうなヤツぁ、この俺がぶっ殺す！」

「おいおい、ヴィクター。それは幾らなんでも、不敬罪だろうに」

ニケが横から冷静に指摘する。

「うるせーっ。文句あっかよ、優男っ！」

悪びれずに吠える男である。いちいち怒鳴るのがやかましい。

しかし、またしてもロランの固定観念は崩れた。この男……ヴィクターは、どうやら魔王に尊敬の念など持っていないらしいのだ。これは、初めてのケースではないだろうか。

「まぁ……なんでもいい」

ロランは足下に唾《つば》を吐き、刀を構える。

いつの間にか、自分が笑っていることに気付いた。戦いの間際になると、いつもこうだが、これは今更、直しようがない。

「いいだろう、足の臭そうなおっさん。挑戦なら受けてやるぜ。おまえの首をぶった斬《ぎ》って、後でボール代わりに蹴飛《けと》ばしてやらぁ」

「やってみやがれぇえええぇっ」

いきなり、相手がさらに巨大化を遂げた。

その刹那《せつな》、ロランは己の計算違いを知った。

どうせ鈍重だろうと思っていたのに、こいつは見かけを裏切るスピードを持っていたのだ！

巨大化して見えるのは、もちろん錯覚だ。相手の動きが予想を超えたスピードで、ロランの目にそう映っているだけである。

しかも、既に敵はロランの間合いに入りかけており、拳を叩《たた》き込もうとしている。今からでは、避けるのも剣で迎撃するのも間に合わないっ。

ロランが、せめて打点をズラしてダメージを軽減しようとした、その時――。

遥《はる》かな上空で轟音《ごうおん》が鳴った。

「――ぬおっ」

ヴィクターは、巨体を二つに折り、ものの見事に吹っ飛んだ。ヴェルガンに殴られた時の、ロランの比ではない。有り得ない威力だった。何十メートルも滑空し、派手に大地に叩き付けられ、なおも二度三度と転がっていく。だが驚いたことに、やっと動きが止まっても、まだヴィクターは健在だった。首を振り、「や、野郎……」と顔を上げてロランの方を睨んでいる。

今のがロランの仕業だと、勘違いしているらしい。

しかし、起き上がろうとしたところへ、また上空から轟音がした。不可視の力に弾かれ、ヴィクターはさらに遠くへ跳ばされ、深く広がる森の中へと突っ込んでいった。

喚《わめ》き声が細く長く響き、やがて消えた。

ロランは口を半開きにしたまま、ニケを見た。

「……おまえか?」

「いいえ」

ニケは首を振る。

「僕の姉ですよ。ほら、上にいます」

上空を指差したのに釣られ、ロランも上を見た。天から、金髪の女性が静かに降りてくるところだった。

金髪碧眼《へきがん》はニケと同様で、顔立ちも似ている。ただし、ニケがどこか少年っぽい仕草を残しているのに比べ、こちらは年頃《としごろ》は同じでも、ぐっと大人っぽく見える。

身長も女性にしては高く、ニケに引けを取らない。薄い生地の白い袖《そで》無し上衣と、タイトなミニという姿だった。降臨する女神のごとく、ロランの目には実に神々《こうごう》しく映った。……まあ、今のヴィクターの後だから、余計にそう思えたのかもだが。

「ほぉー……」

思わず感嘆の声を洩らしたロランを、その女性はじいっと見つめた。シオンと同じく切れ長の目を細め、必要以上に長く長く……。

ロランが痺《しび》れを切らし、自分から名乗りを上げようとした時、彼女はやっと口を開いた。ごく微《かす》かに低頭し、「レナ」と一声囁《ささや》く。そのまま、村の方角へ歩き出した。

「なんだ、今の？　魔族に伝わる合図か」

「自己紹介ですよ」

ニケは複雑な表情で返す。

「姉さんはその……見かけよりだいぶ内気なんです」

……内気な女が、あの大男を森まで吹っ飛ばしたってか？

ロランが唇を歪《ゆが》めると、ニケはさらに驚天動地の事実を述べた。

「これで貴方は、アポストル・ファイブのうち、四人まで出会ったことになりますね」

ロランはため息をつき、立ち止まってこちらを振り向いたレナの後を追う。まさかとは思うが、「遅いっ」とか怒り出したら敵《かな》わない。怒りの突風で吹き飛ばされると、タダでは済まないだろう。

「内気な女が二人に、愛想のない美少年一人に、ブサ大男が一人か……ロクなもんじゃないな、おい」

こっそりそう呟いた。


ロランが案内された場所は、木造家屋ばかりが並ぶ一角にある、狭い小屋みたいな家だった。

中へ入ると調理場と一体化した居間……らしき大部屋と、寝室が二つある。建材となっている丸太がそのまま露出したような小屋であり、テーブルや椅子《いす》くらいしか見当たらない。あまり客を案内するような場所ではなかった。

「ひとまず、ここで過ごしていただきます」

姉のレナと一緒に入ってきたニケが、そう申し渡した。ちなみに、レナは何も言わずに突っ立ってロランを眺めている。何のために案内に立ったのか、今一つ理解できない。

ロランは渋面になり、

「いや、こんなシケた場所で待機させないで、そのテストとやらをさっさと始めようじゃないか。俺も暇じゃないんだが」

「貴方の事情は理解できますが、我々にも我々の事情があるんですよ」

ニケは澄まし顔で返し、なぜか姉のレナに尋ねた。

「姉さん、ヤツの尋問は終わった？」

レナは微かに首を振り、「深夜には」と短く答えた。それで意味が通じたのか、ニケはまた頷く。勝手に唯一のソファーに座ったロランに、やっと説明してくれた。

「実は、僕がここを発《た》つ直前に、このアンダーワールドに侵入者がありまして」

一呼吸置き、ロランの目をじっと見つめた。

「……その侵入者は一般人を装っていたものの、どうやら商業都市連合とやらのスパイらしいのです」

「なにっ⁉」

ロランは初めて反応した。

半ば腰を浮かせ、ニケをさっと見る。

まさかとは思うが、連合がここを嗅《か》ぎ付け、いち早くＬＴ兵器の奪取に動いたのかと思ったのだ。アメンティならば、やりかねない。

「なんで船で言わなかったっ」

「これは僕達の問題ですし、まだ僕は、貴方を仲間だと認めたわけじゃないですから」

ニケは冷ややかに決めつける。

「たまたま連合のスパイを捕まえたけれど、次は帝国のスパイが見つかる可能性だってある」

「ねーよ、そんなの。この場所を知ってるのは、帝国じゃ俺とエトワールだけのはずだ」

まだ何か言おうとしたニケに、ロランは言葉を被《かぶ》せる。

「それからだな、連合のスパイと俺のテストと、どういう関連があるんだ。相変わらず、全然わからねーぞ」

「夜には尋問が終わるらしいですから、その時が来ればわかりますよ。理由はちゃんとありますが、今は貴方は知らない方がいい」

「まあいいが……じゃあ、夜まで我慢すればいいんだな？」

ニケは黙って頷いた。

姉のレナと一瞬、視線を交え、そのまま一人で部屋を出ていってしまう。足音が遠ざかり、ドアを開ける音がして、あいつが去ったのがわかった。

妙なのは、なぜかレナは出ていこうとしないのだ。

椅子を引き出して座ると、テーブルに両肘《りょうひじ》をつき、そこに形のよい顎を乗せる。そのまま、隅のソファーでだらしなく座すロランをじいっと眺めた。物凄《ものすご》く真剣な目つきで、瞬《まばた》きすら惜しんでいる風でもある。

何かお説教でも始まるのかと思ったが、予想に反し、レナは黙したままである。凪《な》いだ湖水のように澄み切った青い瞳《ひとみ》で、ロランをひたと見つめている。彫像化したのかと思うほど、全く動かなかった。

「……なんだよ？」

さすがのロランも居心地が悪くなってきた。尻《しり》を動かして座る位置を変え、両手を広げてやった。

「何か言いたいことがあるなら、聞くぞ」

ゆっくりとレナが首を振る。その拍子に、額のやや左寄りで分けた金髪がさらさらと流れ、少し左目に被さりそうになる。手でそれを軽く払い、レナはやっと声に出した。

「本物かどうか、見極められないかと」

透き通った不思議な声で、いつまでも聞いていたくなるほど魅力的だった。

「以前の魔王と顔が違うんなら、見てもわからないだろう」

ロランは肩をすくめ、今度は自分から訊いてみた。

「俺が偽物だったら、おまえが殺す——とか弟が吐《ぬ》かしたが、ありゃホントか」

あっさり頷かれた。

顔色も声のトーンも変えず、続ける。

「我が君の御名を騙《かた》る者は絶対に許さない。偽物なら、私が貴方を殺す」

不覚にも、ロランは二の腕に鳥肌が立つのを実感した。レナが淡々と述べたセリフには、歴戦のロランですら背筋が冷たくなるプレッシャーが籠《こ》もっていたのだ。脅しなどではない……この子は、こっちが偽物だとわかったら本当に殺す気でいる。

見かけは少女だが、もちろんこの子も見たままの年齢では有り得ない。当然、戦闘経験も積んでいるだろう。

しかしロランは、表面的には顔色も変えない。自分も気を張って相手を見返し、音もなく立ち上がる。テーブルを回ってレナの方へ行くと、彼女は無表情にロランを見上げた。

「なら、俺が本物だとわかったらどうする気だ？　今のセリフに腹を立てて、夜の相手くらいは命じるかもしれないぞ～」

「戦い……の稽古《けいこ》？」

膝が砕けそうになるのを堪《こら》え、ロランは言い返す。

「いや、もっとほら、男女間の……あるだろう……ほら」

説明しているうちに馬鹿らしくなり、ロランは肩を落とした。そもそも、最初からジョーク
なのに、説明してる時点で駄目駄目である。

しかし、じっくり考えていたレナはやっと察したのか、息を詰めるのがわかった。

まじまじと目を見張り、ロランから目を離さない。少なからず驚いたらしい。

「かつての我が君は、戯《たわむ》れにもそんなことは仰《おっしゃ》らなかった」

「人は――いや、魔族だって時を経れば変わるはずだ。それに俺には人間として生きた長い時間の蓄積がある。仮に俺がかつて魔王だったとしても、前と全く同じであるはずがないだろ」

ここぞとばかり反論し、ロランはレナの肩に右手を置く。

だからまあ、そうギスギスせずに肩の力をぬけよ、なぁ？　というくらいのつもりである。

虎《とら》の尾を踏む思いだったが、幸いにも張り倒されることはなかった。代わりにレナは、少し濃い眉を動かし、息を呑《の》んだ。この少女も、驚くことはあるらしい。

眉根を寄せて、何事か考えている。

それにしても、つい数秒前にとんでもないプレッシャーを放った少女とは思えない、実にか細い肩だった。これほど見かけと実力が相反するのも珍しいだろう。

「まあ、俺の変化はともかく、さっきのは」

――ただの冗談なんだけどな、とロランが続ける前に。

レナの方が口を開いた。

「先程の返事も、そのうちわかるでしょう」

今し方見せた、毛先ほどの戸惑いは、既にレナから消えていた。名工が彫った女神像のごとく、なんらの動揺も見られない。

むしろ、驚かされたのは、ロランの方だったろう。

「ただし」

レナは……殺気が籠もる口調で言う。

碧眼が、自分の肩に乗せられた手にすっと動く。

「もし偽物だったら、殺す前にその右手を切り落とすことに決めたわ」

ロランは焼けた鉄板に触れたかのように、ささっと肩から右手をどけた。

だめだ……こいつには、ジョークが通じない。


レナといると寿命がどんどん縮まる気がするので、ロランは勝手に外に出た。追いかけてきて連れ戻されるかと危惧《きぐ》したが、有り難《がた》いことに特にそんな気配はなかった。

上を見上げると、地下空洞の天上にあった小型太陽は、輝きが薄れている……どうも、夜時間になりつつあるらしい。あの太陽は純粋な魔力で作られているそうだが、都合よく時間変化にまで対応していると見える。

何の関係があるか知らないが、深夜には捕虜の尋問も終わるそうだし、それまで散歩でもするかと思った。

ロランは村の中を歩きつつ、しきりに左右を見る。

見た目だけは、地上の辺境にある村とさして変わらない。ただ、造りがごつく、一軒一軒がやたらと広そうなところを除いて。ちゃんと暖炉もあるのか、それぞれの家には煙突も見えた。正直、ロランが最初に連れていかれた丸太小屋が、一番ショボそうである。

意外だったのは、村の中心部に教会に似た、石造りの白くて巨大な建物が見えたことだ。まだ屋根しか見えないが、アレクセンにあるベルネスを祀《まつ》った教会と少し外見が似ている。ただし、あちらより遥かに巨大だった。

少し迷ったが、ロラン自身は神にも信仰にもさしたる興味がない。よって、教会もどきは無視して、森の方へ向かうことにした。

村の中は不自然に静まり返っていたが、もちろんたまに誰かと行き過ぎることはあった。さすがにヴィクターは例外なのか、見るヤツ見るヤツ、美形ばかりである。しかも、なぜか前に見たヴェルガンの村より、こちらの方が住人がおしゃれに見える。男女とも、麻の上下や貫頭衣などという地味なヤツは見当たらず、女はちょっとしたドレス姿で、男も地上で流行中のスーツ姿が多かった。

ただし、彼らは男女問わず、ロランを見ると驚いたように立ち止まり、ついで睨んでくるのだ。ただ、ロランが堂々と睨み返すと、何かを思い出したように目を瞬《しばた》き、今度はその場で立ち止まってじいっとロランを見送る。おそらく、今回のテストのことを聞きかじって知っているのだろうが……見事に全員が同じパターンだった。

居心地悪いのは、ここでも同じだった。

ロランはそのまま村を出て、気味の悪い森の方へ入っていく。普通の森と違い、木々の枝がそれぞれ複雑に絡《から》み合い、ぐねぐねと枝葉を伸ばす陰気な場所で、ほとんど陽《ひ》が差さない。ましてや、今は魔法の太陽も光量を落としつつあり、真っ暗に近かった。

しかしロランは夜目が利くので、足取りにためらいはない。一応、住人が作ったのか細い道らしきものはあったが、木の根があちこちで隆起し、道を横切ったりしていて、歩きやすいとはお世辞にも言えなかった。

それでもお構いなく先へ進み、やがて村から十分離れたと判断すると——。

ロランはおもむろに立ち止まった。

「おいっ。そろそろ出てきたらどうだ⁉」

振り返らずに、声を励ます。

「スカイシップでもたまに俺のそばにいたな？　なんでまた尾行するのか知らんが、俺はまだるっこしいのが嫌いだ」

返事もなければ物音もせず、ただ自分の声のみが虚《うつ》ろに森に響く。もし気のせいだとすれば、単なる馬鹿である。しかし、ロランは自分の感覚を疑わなかった。必ず背後にいる……あるいは、背後のどこかに。

むせかえるほど濃い森の匂《にお》いに包まれたまま、ロランは声を低めた。

「いいか、これが最後だ。おまえの気配はもう覚えた。もしも後で出てきても、次はおまえを敵と見なして斬り掛かるっ。俺は本気だからな！」

相変わらず、返事もなければ物音一つしなかった。ロランはすっかりふて腐れ、「ああそうかいっ。それなら今度会ったら覚えてろよなっ」と吐き捨てた。

途端に、小石を踏む小さな音がした。

罵声《ばせい》を浴びせるのを中断し、ロランは首を傾げる。

有り得ない、と思った。確かに風が鳴る小さな音がした——ような気はする。しかしそれにしたって、即座に背後につかれるような時間はなかったはずだ。気配に敏感なロランは、接近すればすぐにそちらの方を見たはずなのだ。

なのに、問題の気配は確かに背後にいた。そいつが確かにいるのを感じつつ、ゆっくりと振り向いた。予想に反し、女の子が一人、ぽつんと立っていた。

向こうも夜目が利くらしく、真っ直ぐにロランを見ている。

これがまた、どこをどう見ても戦士には見えなかった。

胸元にリボンが飾られた白いブラウスの上に、ふんわり広がった紫色のジャンパースカートを着ている。ただし、腰には絹紐《きぬひも》らしきものが巻かれてウエストを引き締め、その細さをひときわ強調していた。

黒髪は肩より少し長い程度で、これも白いリボンで飾られている。

瞳は黒い宝石のように輝き、しかもぱっちりと大きい。全体的に、見た目は妖精《ようせい》そのものだった。ただ、身長は子供にしては高い方だと思うが。

ロランは、色んな意味で度肝を抜かれた。

こいつはスカイシップで二度ほど（一部を）見かけたヤツだと思うが、ニケは確か、それがアポストル・ファイブの一人だとほのめかしていたはず。

ということは、あの二言目には「殺す」とか吐かすレナと同じく、こいつも見かけを裏切るプレッシャーを放つ戦士なのか。

……と思って身構えたロランだが、次の瞬間、顎を落とす羽目になった。

女の子は急に哀しそうに眉を下げ、もじもじと俯《うつむ》いたのだ。

「ボク……魔王さまに嫌われるの、嫌です」

声が細く、しかも病弱少女のごとくか細かった。

ついでにいうと、極端なほど内股である。これほどか弱そうに見える女の子は、あまりいないだろう。ロランが首を傾げて歩み寄ると、びくっと大げさに肩を震わせたが、女の子は辛うじて踏み止《とど》まった。

すぐ前に立つと、風呂《ふろ》上がりのような清潔な香りがした。

「おい、怯《おび》えなくていい。俺は何もしないから、安心しろ。おまえはその……アポストル・ファイブとかじゃないよなー？」

言った後、馬鹿馬鹿しくなり、ロランは苦笑した。そんなわけない。

ところが、女の子は実に簡単に頷いてくれた。

「は、はい……ボク、そのうちの一人で、ユキです。か、仮魔王さま」

――仮魔王ってなんだよ。

言いたいことは山ほどあったが、とりあえず全てを棚上げにして、ロランはじろじろと少女……ユキを見やる。

こうやって互いに見つめ合うと、一応、それなりの背丈はあった。レナほどではないが、女性としては背が高い方に入る、かもしれない……内股で伏し目がちで震えまくりで、怯えたウサギみたいだけど。おまけに、大きな黒瞳《こくどう》が潤んでるし。

「スカイシップからこっち、なんで俺の後を尾《つ》けていたんだ」

「だって……ボク、魔王さまが大好きでしたから。それで、転生されたと聞き……いてもたってもいられなくて」

もじもじしてつっかえつつ、なんとか長文を述べてくれた。

「約束の履行を迫りにきたんじゃないのか」

ずばり訊くと、なぜかユキは真っ赤になった。蚊の鳴くような声で「ニケさんに聞いたんですね……」などとまた俯く。

「いや、内容までは聞いてない。どんな約束だ」

「い、言えません……恥ずかしい……ですから。か、仮魔王さまが本物の魔王さまだとわかったら、その時にお話しします」

言いながら、両手で顔を覆ってしまった。ギャグでやっているわけではなく、本気で恥じらっている風に見える。

……大丈夫かこいつ、とロランは思う。この女の子が魔族の最精鋭？　いざという時、戦えるんだろうか？　まだシオンの方が戦士っぽいが。

とはいえ、この子の様子を見ていると、あまり苛《いら》ついたり、責めたりする気にはなれないから不思議である。なんというか、見ているだけで「守ってやらねばっ」と思える子なのだ……魔族だが。

「まあ、よくわからんけど、それならその時に訊くよ。おまえも、仮でもなんでもいいから、ケチくさいこと言わずに仲良くしてくれ」

ロランは手を差し出す。

目を丸くして見つめるユキに対し、辛抱強く待ってやる。やがて、おずおずと小さな手が差し出され、軽く握ってもらえた。指はとことん細く、そして長い。少し汗で湿っていたが、見本のように綺麗《きれい》な女性の手だった。

頬《ほお》を染めたままのユキの手を、ロランは暗闇《くらやみ》で何度か振った。なぜかぽ〜っとした目つきでユキが見た。

「仮魔王さま……やさしいんですね。あ、なんか本物の気がしてきました」

「その呼び方、なんとかしてほしいぞ」

さすがに苦情を並べようとした時、直上で誰かが接近する気配がした。

ロランは慌ててユキの手を放し、腰の刀に手をやって夜空を仰ぐ。しかし、目の前に降ってきた相手がニケだとわかり、悪態をついた。

「おまえか！　わざわざ空から来んなっ」

「この方が早いので。貴方こそ、こんな場所で一人で何を？」

「何が一人だ、ここにユキが――」

背後に庇《かば》ったはずの彼女を振り向き、ロランは眉をひそめた。

……そこには小道が続いているだけで、誰もいなかったからだ。いつの間にか、ユキは消えていた。見回しても暗い森が広がるだけである。

「……あれ？」

走って逃げたとしても、まだどこかに姿が見えるはずなのだが。

しかし、ニケは逆に得心したようである。

「ユキですか？　あの子は恥ずかしがり屋だから、誰か来たらすぐに逃げちゃうんですよ」

「そんな馬鹿な！　上を向いたのって、1秒足らずの間だぞ。それでどうやって消えられるんだ。どんだけ足が速いってんだよっ」

「ところが事実、ユキは魔族一の俊足なんです……おまけに、足音もロクに立てませんし。僕だって、これまでにまともに姿を見たのは数えるほどだし、言葉を交わしたのはさらに少ないんですよ」

——なんだそりゃ。

ロランは眉根を寄せた。珍獣じゃあるまいし、ロクに見たこともないだと？

ニケは、なぜかしかめっ面《つら》のロランを見て小首を傾げた。

「なんだよ」

「いえ……あのユキが、貴方の前に一人で現れたんですか？　仮に分身にしたって、あの子は知らない人の前には滅多に姿を見せたりしないんですけどね」

「おいおい、そんなんで戦えるのか！」

つか、分身ってのはなんだっ。

ロランの呟きは、ニケに無視された。この美少年はしきりに首を振り、「ユキを手懐《てなず》けるとは……」などと感心している。

段々馬鹿らしくなってきて、ロランは無愛想に促した。

「そんなことより、何の用だ」

「ああ、そうでした。予定より早めに尋問が終わったので、そろそろ始めましょう」

「……ふん」

いよいよか！

多少の不安はあるが、ロランはあえて肩をそびやかす。

どんなテストか知らないが、何が何でも魔族を味方につけ、ＬＴ兵器を持ち帰らねばならない……待っている人もいることだし。

☆

ロランは、ニケと共に来た道を戻った。

既に完全な夜となっていて、帰り道は真っ暗の中を歩く羽目になった。月や星明かりなどの光源すらないので、普通の人間だと何一つ見えないだろう。

村に戻ると、さすがに明かりが灯《とも》っている家もあるにはあったが、大半はひっそりと闇の中に沈んでいた。魔族共は全員、ひどく大人しい性格らしい。

ニケは先に立って歩き、ロランを最初に案内した小屋ではなく、森へ入る前にちょっと見かけた、例の教会もどきへ導いた。

他の家と違って木造ではない。煉瓦《れんが》よりサイズの大きな白い石で構成され、長方形の長い建物だった。壁は恐ろしく高く、窓は驚いたことに、美しい模様が描かれたステンドグラスだった。傾斜のきつい屋根は綺麗な赤色をしていて、窓とこの屋根だけを見ても、十分過ぎるほど目立つだろう。

普通の家が何十軒も入りそうなその建物は、入り口が両開きの巨大な扉になっていた。木製の重厚な入り口に、扉二枚分に渡って謎の魔法陣が白く描かれている。最初に教会だと思ったのは間違いで、何らかの儀式を行う場所かもしれない。

「ここはある意味で聖堂なんですが」

くまなく眺めているロランを見て、ニケはまた首を傾げた。

「しかし、貴方は目がいいですね。この暗さじゃ、人間の目では何も見えないかと思いましたけど」

「魔王なら、むしろ不思議はないんじゃないか？」

「それも、すぐにわかるでしょう」

ニケは静かにそう返し、扉を開けた。

二人して中へ入る。

中は、そのまま教会の内部に酷似していた。神官の教えを拝聴するためのベンチが整然と並び、正面に祭壇があるアレだ。まさにあのままの配置だった。

ただし、その祭壇たるや高さがおよそ五メートル以上はあり、なぜかそこには、大きな椅子が一つだけ置いてある。

背もたれと座る部分のみ、赤い生地が見えたが、他の金属部分は全て黄金色に輝いていた。まさか……大きさからして本物の黄金ではないはずだが、屋根に吊《つる》されたシャンデリアの蝋燭《ろうそく》に、実に眩《まばゆ》い照り返しを放っている。

祭壇下の、たくさんあるベンチには全て魔族達が座り、満員の有様だった。村が静かだと思ったら、全員がここに集まっていたのだ。

ロラン達が入ると、彼らが振り向いて一斉にこちらを見た。ロランの実感としては、全員、期待と不安を持ってこちらを見ている気がする。

「大歓迎だな、おい」

ロランはお得意の底冷えのする薄笑いを広げ、席に着いた群衆を見渡す。

誰も、返事もしなかった。

「……あの暴れ熊《ぐま》みたいな男は？」

「ヴィクターですか？　彼は来ませんよ。昔から、こういう集まりが嫌いなんです。というより、集会の類《たぐい》は全て出たがらないですね」

「ふんっ。その点は気が合うじゃないか」

見られているのに飽きた頃、遥か前方の祭壇で、動きがあった。祭壇の横からレナが現れたのだ。おまけに、胴体を縄でぐるぐる巻きにされ、念入りに後ろ手に縛られた誰かを引き連れている。

「……貴方も前に」

ニケに言われるまでもなく、ロランは祭壇の方へ行った。

何が行われるのか、気になったからだ。

左右に分かれたベンチの真ん中を通り、祭壇のすぐ前まで歩み寄る。縛られた男は、赤銅色の肌に灰色の目立たない上下を着ており、これといって特徴がない顔立ちをしていた。街ですれ違っても、一分後には忘れてしまうような男だ。

今は開き直ったのか、ベンチの住人達をむしろ偉そうに見下ろしている。ロランもその一人だと思っているのか、特に声もかけてこない。

「沈黙の尋問が終わったと思ったら、今度は何が始まるんだ。私はただの探検家で、ここへは迷い込んだだけだ。こんな扱いを受ける覚えは」

「おまえは」

いきなりニケが遮った。

男がさっと見たのを確かめ、冷静に続ける。

「おまえは、商業都市連合の総帥が帝国全土に放っているスパイの一人で、大陸最南端に当たるここへは、本当にたまたま訪れた。目的は、帝国が内密に軍港などを設けて拠点としていないか調べるためで、アンダーワールドに紛れ込んでしまったのは、偶然に過ぎない。そこだけは本当だが、後は全部嘘《うそ》だ」

聞くうちに見る見る顔色の変わった男に、ニケは駄目押しをする。

「名前はサム・ブライトナー、階級は連合軍中尉……探検家だというのは大嘘だ」

「な、なぜそれをっ」

「語るに落ちたな。我々を甘く見るからそうなる」

ニケは冷たく返し、祭壇の下からレナに頷く。レナは……これもまた、冷え切った眼差《まなざ》しで男を見た。

持っていた男の縄じりを放し、端的に告げる。

「その椅子に座れ」

「座ると……どうなるんだ」

レナは答えず、代わりにまたニケが教えた。

「その椅子は元々、座るべき唯一の主人がおられる。あのお方以外は、誰もそこに座ったことがないんだ。そのお方は生前、ご自分以外の者が座ると、必ず相応の災いがあると仰《おっしゃ》っていたからね」

一呼吸置き、付け加える。

「それと……誰かの裁きが必要な時は、ここに座らせればいいとも仰った」

それきり口を閉ざし、また沈黙が広がった。

壇上を眺めているロランには、さっぱりわからない展開だった。

「おい、見ている観客にもわかるように説明しろよ」

ロランの声に、ニケよりもサム某《なにがし》が過剰に反応した。さっとこちらを見下ろす。顔には既に脂汗が浮いていた。

「お、おまえも連れてこられたのかっ」

「いいや。あいにく俺は自分の意志でここへ来た。ちなみに元々は帝国の人間なんで、おまえは敵だ。余計な期待しても無駄だぞ」

ロランが素っ気なく答えると、男はがっくりと肩を落とす。

「帝国のヤツかっ」

後ろ手に縛られたまま、無念の唸《うな》り声を上げた。

「そうですね……では、先に教えておきましょう」

ニケがロランを楽しげに見やる。

「どうせ貴方も、後で座ることになるのですから。……これは元々、島の神殿にあった玉座なのですよ」

「玉座ぁ？　誰の――」

と言いかけ、ロランは口を閉ざす。よく考えたら意味のない質問だ。魔族が王と仰ぐ者は、たったの一人しかいない。

「……魔王が座してた椅子か！　しかし、神殿ってのはどういうことだ」

「言葉通りの意味」

どういう気まぐれか、ニケより先にレナが答えた。

「我が全能なる君がおわすのは、人間の王ごときと違い、単なる王宮じゃないもの」

壇上に立つ彼女は、最初に会った時の格好ではない。

両肩を露《あら》わにした白いフリルブラウスの上に、複雑な模様のついた濃紺のビスチェに似た胴着を着けている。お陰で、胸の大きさが非常に強調されていた。

足を隠すロングスカートも濃紺だが、こちらは光沢のあるサテン地で、三段のフリルがついた豪奢《ごうしゃ》なものだ。弟はさっきと同じ格好なのに、何のためにレナだけ着飾っているのか謎だが、元がいいだけにむちゃくちゃ目立つ。ロランは説明より、彼女に見とれていたほどである。

「……では、説明も終わったことですし、貴方はさっさと座ってください」

ロランが黙り込んだのを見て、ニケがサム某を促した。彼はいつしか、ニケを含めた周囲の者達を、畏怖《いふ》の眼差しで見渡していた。

「い、今の話からすると……まさか……まさか、ここに集まってるのは全員――」

それ以上は、恐ろしくて口に出せないらしい。まあ、その気持ちはロランにもわかる。この巨大な聖堂内にいるのが全員魔族だと思えば、ぞっとするのも当然だろう。

彼が連合のスパイでなければ、ロランも助け船くらいは出したかもしれない。しかし、よりにもよってクラウベン国内を探っていたヤツだし、ロランとてそのまま見過ごすわけにはいかない。

この難儀な行事が終わったら、改めて拘束し、クラウベンに送還するしかあるまい。

……そう、つまりロランは、あの椅子に腰掛けたところで、男がどうにかなるはずはないと思っている。

魔王以外、誰も座ったことないのが本当なら、これまで魔族共は根拠のない脅しにビビってたということだ。

黄金が使われてそうな以外は見るからに普通の椅子だし、見たところ魔力も感じられない。

それくらいは魔族にもわかってるだろうに、後ろで固唾《かたず》を呑んで見守っている群衆は、どうも無邪気過ぎるヤツばかりらしい。

「おい、もしかしておまえ、怯えてるのか？」

ロランは完全にリラックスして、下から男を挑発してやった。どうせ何もないなら、せめて相手をビビらせてやろうと思ったのだ。どのみち、男は十分過ぎるほど腰が引けていたが、しかしロランに言われてかえって覚悟を決めたらしい。

「い、いいだろうっ。どう見てもただの椅子だしなっ。座ってやるから、その代わりこれが終わったら、連合に帰してもらう。元々俺は、ま、魔族なんぞと関《かか》わり合いになる気はないっ」

馬鹿言えっ。おまえはクラウベンに送還すんだよ！

こっそりロランはそう思ったが、ニケは簡単に頷き、了承した。こいつも魔王の戯言とやらを信じてるらしい。

「よかろう……連合の士官を甘く見ないでもらおうか！」

唯一自由になる両足を慎重に動かし、男はゆっくりと黄金の椅子に接近する。傍《かたわ》らに立ち、最後にもう一度、椅子全体をじろじろと眺めた。十秒……いや、二十秒ほどだったか。それを最後に、乾いた上唇をなめ、一気に腰を下ろした。

途端に、ロランの背後で群衆がざわめく声がした。ニケやレナでさえ息を詰めて男を眺めており、馬鹿らしいことこの上ない。こいつらはよほどにめでたい性格らしい。

じんわりと時間が流れ、当然ながら、座った男の顔に喜色が浮かび始めた。

「は……ははは……ははっ」

身体《からだ》を前後に揺らし、声を上げて笑い出す。

「見ろっ。これで満足か？　座ってやったぞっ。さぁ、約束を履行してもらおう。この俺を安全な――」

ふいに男が黙り込んだ。

苦い顔で壇上に駆け上がったロランも、釣られて足を止める。見れば、男は目を大きく見開いて、どこか虚空《こくう》を眺めていた。焦点が合っていない。

「……え、なんだって？　もう一度頼む、意味がわからん」

微かにそう呟く。

途端に、男の身体から炎が噴き出した。

「なんだっ」

そばにいたロランは、慌てて飛び退《の》く。その時には男は大声で叫んでおり、もはや手が付けられない状態だった。オレンジ色の業火《ごうか》が男の全身を覆い、祭壇の天井に向けて盛大に炎を吹き上げている。仮にロランが炎系の魔法を使っても、ここまでは無理だったろう。

「これはどういう――」

放射熱が激しく、ロランは片手で目元を庇う。男はまだ喚いていたが、なぜか椅子を立とうとはしない。仮にこの瞬間に火が消えたとしても、もはや助かるはずもないが。

おまけに、いきなりまた新たな炎が噴き出し、ロランはたまらず後退した。今度は見た目は綺麗な青い炎で、男の姿が完全に見えなくなるほど椅子全体を覆っていた。

「おいっ。この趣味の悪い余興のせいで、火事になるぞっ」

まるで動かない姉弟を振り向き、ロランは叱《しか》り飛ばす。だが、ニケは冷静に見返した。

「なりません。ご覧なさい……もう消えました」

「馬鹿言え。んな簡単に――」

椅子に向き直ったロランは眉をひそめた。

青い炎は完全に消えていたのだ。

それだけではない……あの連合の男まで、ついでに消えていた。走り寄って椅子ごと確かめたが、服の切れ端一つ残っていない。

それだけでも十分に妙だが、椅子自体、焦げ跡すらなかった。試しに座る場所を指でつついてみたが、ビロードのなめらかな手触りがしただけで、まるで熱もない。

「……どうなってるんだ」

「残念ながら、その問いには誰も答えることができません。我が全能なる君の御力を、我々ごときで推し量ることは不可能ですから」

ロランは改めて姉弟を、そしてざわめく群衆を見た。反射的に足下に唾を吐く。レナが顔をしかめたが、特に何も言わなかった。

「むかつく話だ……おまえ達、こうなると知ってたな？」

「そう、誰も座ったことがないというのは、嘘です」

ニケが微かに頷く。

「我が君が残したお言葉というのも、一部は嘘ですね。『誰かの裁きが必要な時は、ここに座らせればいい』などとは、仰いませんでした。我が君以外は、誰もその玉座に座れないんですよ……そうお聞きしてます。これは、魔王のみが座することが許される椅子なんです。我々では、ただ触れるだけでも恐れ多い……」

沈黙したロランに、ニケは静かに続ける。

「あえて貴方に見せた理由がおわかりですか？　数日程度の付き合いに過ぎませんが、僕は貴方を嫌いになれない。裏切り者の人間は大嫌いだが、貴方だけは唯一の例外としてもいいと思ってる。だから」

真剣な目でロランの視線を捉える。

「もし仲間を騙していたのなら、今ならまだ引き返すことができます。それを知ってほしかったんです」

ちらりとレナの方を見て、ため息をつく。

「僕が姉さんの説得に成功したらの話ですけどね」

「……成功しないわ」

弟の気遣いを、レナはあっさりと無にした。

「彼が偽物なら、私は許さない」

「いや、姉さん。彼は本当に何も知らずに」

「うるさいぞっ」

揉め始めた姉弟を、ロランは一喝する。

驚いたように見返した二人を順番に見やり、ロランはさらに、下で座したままの静かな群衆をも眺める。

「そうだ、俺には記憶がない。過去に魔王であったという強固な自信なんざない。最初にニケに話した通りだ」

静かに聞く群衆は、ロランの言葉を聞いて目を細めた。

最前列の誰かが、ロランの目を見てはっきりと口にする。

「では、証明を」

「そうだ、証明を！」

「証明してもらおうっ」

「おまえが本当に——」


「やかましいっつーんだ、この辛気くさい雑魚《ざこ》共がぁーーーーーっ⁉」


ロランの大喝に、広がり始めた合唱は、嘘のようにぴたりと止まった。全員、驚いた目で壇上のロランを見やる。

多分、生まれてこの方、人間に怒鳴られたことなど皆無だったのだろう。

「俺に命令すんなっ。ガタガタ吐かさなくても、望み通りにしてやる。人生、時には賭《か》けも必要だからな。そして、俺にとっちゃ今がその時らしい」

ロランは聖堂の高い天井を仰ぎ、嘆息する。頭をフル回転させて考えたが、あいにく他に方法はない。エトワールと帝国に勝利をもたらすためには、是非とも魔族の力が必要なのだ。

……炎が噴き出す瞬間に、シールドを張ることは可能だろうか。いや、あの炎はどうも身体自体から噴き出していた。となると、いざ失敗したとわかれば、急いで椅子から転がり落ちるくらいしかない。……それができればの話だが。

「この際、シオンの保証を信じるしかないな」

ロランは独白する。

出かける直前、シオンは「我が君なら何の心配もいりません」とそう言った。その言葉を信じよう。あいつを疑う理由はない。

「ふん、こんな椅子がなんだってんだ」

ロランは肩をそびやかせ、お得意の底冷えのする笑顔を浮かべた。万一、これで最後だとしても、「ロラン・フランベルジュは悲鳴を上げて怯えながら死んでいった」などとは、誰にも言わせはしない。

ロランはもはや姉弟を振り向きもせず、大股で歩き、どっかとばかりに玉座に腰を下ろす。アームレストに腕を乗せ、ついでに両足を組んで凄惨《せいさん》な笑みを見せつけてやった。

「さぁ、お楽しみはこれからだぜ？」

馬鹿らしいことに、全員が飛び出しそうな目でロランを見返した。

——いや、どこかから声も聞こえた。

遠く、地の底から響くような声音で、誰かが応《こた》えたのだ。

『如何《いか》にもその通り！　本当の戦いはこれからだ』

「――！　なんだとっ」

ロランは首を傾げる。

今の声……今の声はどこから聞こえた。目の前の群衆ではない、脇の方で観察する姉弟でもない。ではどこから――。

その刹那、ロランは感じた。自分の心の底、普段は意識もしないその深奥で、奇妙な衝動が沸き立つのを。その衝動は間違いなく、己の内から兆《きざ》していた。突如として視界が窄《せば》まり、魔族達の姿が消え去り、全てが闇に覆われていく。聖堂内が真の闇に閉ざされていく……なのに、誰かの気配を確かに感じた。

闇の奥に、二つの赤いものが見えた。あれは……まさかあれは……誰かの眼か！

総身が震え、ロランは本能によって悟る。

この感じ……こりゃ絶対にただ者じゃない。おそらく、俺が過去に出会った誰よりも強大で、とんでもない力を秘めているっ。そいつの瞳は、相変わらずロランを真っ直ぐに見ていた。

「おまえは……誰だ」

ロランの掠《かす》れた囁きに、そいつは答えた。

「自らに正体を問うつもりか？　私はおまえ自身だ、ロラン・フランベルジュ。全ての種族を超越する、王の中の王……そして、神の座を捨てた男だ」

低い声がそう返した途端、ロランの意識は完全に砕けた。

離れてロランを観察していたニケは、ロランの不敵な顔が表情を失ったのを見て、驚いたことに失望感を味わっていた。

あきらかに、前の男と同じパターンである。もしかしたら――と期待していたのだが、あいにく違ったらしい。

しかし、ニケは急いでロランの方へ駆け寄ろうとした。このまま捨て置けば、彼が前の男と同様の運命を辿《たど》るのは明らかである。何か呟くのが聞こえたが、この際はどうでもいい。

だが、姉に手を掴まれた。

「待ちなさいっ」

「離せ、姉さんっ。彼は魔族に敵意も嫌《けん》悪《お》感も持ってなかった。むしろ、僕らに好意的だったっ。あのまま死ぬ必要なんかないだろ！」

「違う……アレを見て」

姉の声に明らかな畏怖が籠もっているのに気付き、ニケは玉座の方を見る。ロランは……相変わらずそこに座っていた。

ただし……何かが違った。

つい数秒前とは、明らかに何かが。祭壇の前に集まった仲間から、そろそろざわめきが広がり始めている。さもありなん……先程の男は、もうとっくに断罪の炎に包まれていたはず。

「ま……まさか」

レナの声が震える。

とうに手を離していたので、ニケは自身も喉《のど》を鳴らし、そっと「彼」に近づいた。微動だにしなかったロランが、今になって泰然と動いた。

組んでいた足を下ろし、ゆっくりとこちらを見る。

両眼が……黒い瞳だったはずの両眼が……今は真紅に染まっている!!


「──久しいな、ニケよ」


ぼそりと述べたその声に、ニケはうずくまりそうになった。声の大きさ故にではない。今のはむしろ、囁くほど小さい声だった。

そうではなく、そこに籠められていた底知れぬ威に対して、ニケの本能が怯えたのだ。誇張でもなんでもなく、その声はニケの心を、特大のハンマーのように打ちのめした。

自分の両手を目の前に出して見る……十本の指が、己の心を映すがごとく、細かく震えている。まだ終わりではなかった。ロランの身体が、突如として眩い光を放った。ニケは反射的に目を閉じたが、まぶたを貫き、なおも網膜に焼き付くほどの光だった。

──か、神の光かっ。

ニケはもちろん、背後のレナも、それに全ての群衆も、全員が掠れた悲鳴を上げていた。己の矮小《わいしょう》な身が、神のごとき鉄槌《てっつい》によって打ち砕かれるような、そんな途方もないプレッシャーを感じた。それほどのプレッシャーを放つ相手を、ニケはこれまで生きた長い長い時間の中で、たったの一人しか知らない。

強大な影が目の前にきて、ニケの首筋を掴んだ。

「ぐっ」

そのまま軽々と歩み、後ろの壁にどかんと押しつけられる。頑丈な石壁に、簡単に罅《ひび》が入ったのがわかった。

「ニケ、いつから私を——いや、予を試すほど増長した」

低い声なのに、ニケの肺腑《はいふ》にずしりと響いた。

「あ、貴方はっ」

自分の声が弱々しく囁くのを、ニケは他人事《ひとごと》のように意識する。ロラン……あのお方の指はニケの喉に食い込み、外れる気配もない。どのみち、ニケはもちろん、この地上の何者の力でも外せはしないのだ。いや、主神ベルネスだって怪しいものだろう。

姉のレナが走り寄り、彼の足下に跪《ひざまず》く。

「我が君っ。どうか弟をお許しください！　これは元々、私が」

レナの声はあのお方の低い笑い声に遮られた。ニケを下ろし、楽しそうに声を上げて笑っている。その笑い声は、ニケの遥かなる懐《なつ》かしい記憶を呼び覚ました。

「……少し、驚かせ過ぎたか。案ずるな、レナ」

声がぐんと優しくなる。遠い記憶に残る声と見事に重なった。

「この私が、おまえ達に害を成すはずがあろうか」

咳《せ》き込んでいたニケは、自分でも意識しないうちに、その場に跪いていた。隣には、既にレナが恭《うやうや》しく片膝をつき、頭《こうべ》を垂れている。ここ数百年来、絶えて見なかった姿だった。

「我が全能なる君よ……長い長い間、私はご光臨をお待ち申し上げておりました」

「私もおまえに再会できて嬉しく思う。もちろん、皆にも」

レナの頭に一瞬手を乗せた後、あのお方はこの場に集う仲間達の方を向く。既に、全ての魔族はその場に平伏していた。

「おまえ達全てに、永遠の祝福を与えよう……見よ、私は再び帰ってきたぞ」

☆

ロランは、意識を取り戻した途端に、ぎょっとした。

自分がいつの間にか椅子から遠く離れていたのに驚いたが、さらに驚くことに、集まっていた魔族共が一人残らず、ロランの方を向いて平伏していた。

「おい、こりゃどうなって」

ニケを探そうとしたが、何と彼はロランの足下にいた。あの傲慢《ごうまん》な態度が嘘のようにその場に跪き、恭しく頭を垂れている。トドメに姉のレナまでが同じ格好で、しかも今まさに、ロランの足の甲に口づけしようとしているところだった。

「わあっ！」

ロランは横っ飛びに跳ぶ。

危ういところで間に合った。

「やめろっっつーんだ、気持ち悪いっ」

「我が全能なる君よ……」

姉弟が同時に呟いた。というか、祭壇の下でも、無数の声が同じセリフを囁いていた。

「なんだよ、急に態度を変えやがって」

ロランは及び腰で二人を見比べる。……二人とも、明らかに細かく震えていた。

「どうしたおい、トイレでも行きたいのか」

「覚えてらっしゃらないのですか」

ニケが目も上げずに言った。

あたかも、顔を上げるのも恐れ多い、と言わんばかりに。

「あいにくだがな」

ロランは薄気味悪い思いで辺りを見渡す。こいつらの変化はどうなってんだ⁉

「それで、テストとやらはどうなったんだ」

一応、尋ねてはみたが――。

どうやら、訊くまでもないようだった。


またしても、意識を失っている間に状況が一変していた。

ロランとしては、二度ともまるで覚えてないのが業腹であり、同時に気にかかる点でもある。一体俺は、どうなってしまったのだろうか？　記憶が皆無ということは、その間に別人になっていたということか……となると、いつか俺はその「魔王」とやらに、身体を乗っ取られる可能性もあるのだろうか？

　だとしたら、困るではないか⁉

　――とまあ、ロランの危惧を集約すると、そこに行き着く。ごくたまに人格が入れ替わるだけでも良い気分はしないのに、完全に別人になるというのは、もはや論外だった。

　ロランは前回の船旅の途中、既にその危惧をシオンに打ち明けたことがある。その時彼女は、朗らかに笑ってこう言った。

『そのようなご心配は無用です、ロランさま。ロランさまの意識もまた、我が君の一部ですし、しかも最新の記憶でもあります。仮に過去の記憶が戻ったとしても、きっと表層意識はロランさまのままですわ』

　……表層意識とはまた聞き慣れない語句だが、意味は辛うじてわかる。つまり、シオンは魔王の記憶が戻っても、ロランはロランのままだと、そう言いたいのだろう。

　ロランに対しては常に好意的な彼女の言うことなので、信憑性はあるかもしれない。

　ただし、勘違いしてはいけないのは、シオンはかつての魔王に対して忠勤を励んでいたのであって、別に「人間としてのロラン」に対してではない。あいつの判断基準の全ては魔王中心だということを、忘れるべきではない……とロランは思っている。

　とはいえ、現状の流れはロランにとっても歓迎すべきものだった。ニケもレナもすっかり恭順の意を示し、例のLT兵器についても早急に調整を終えるように務め、持ち運ぶ手段を講じるという……あまりといえばあまりな変わりようで、ロランとしては気味が悪いほどだった。

「……まあいい。魔族の協力は不可欠なんだし、文句を言える立場じゃない」

薄暗い天井を眺めたまま、ロランは独白する。

これでも自分に言い聞かせているつもりなのだ。

既に聖堂からは引き上げ、レナ達の家に改めて案内されている。さすがに調度品や家具も、最初に案内された丸太小屋とは大違いだった。部屋は広々としているし、ガラスの填《はま》った飾り棚には高級酒が並んでいるし、絨毯《じゅうたん》もふかふかだし、貴賓をもてなす部屋かもしれない。魔族にそんな相手がいるとしてだが。

ロランとしてはすぐにも戻りたかったのだが、あのヴィクターとやらがスカイシップの船底を壊したお陰で、修理に明朝までかかるとのこと。おまけに、ＬＴ兵器の調整を急いではいるが、どうもまだ数日はかかるらしい。

やむなく、あと数日ばかり滞在する羽目になってしまったわけだ。

自覚はなくとも緊張はしていたらしく、なかなか寝付けない。苦肉の策として、ロランはベッドから身を乗り出し、最後に残っていたランプの火を消した。途端に、部屋全体を闇が覆う。

再び目を閉じると、やっと微かなまどろみの兆候が訪れた。経験上、このまま心地よい倦怠《けんたい》感に身を任せていれば、遠からず爆睡できるのは間違いない。

ロランはほっとして、全身の力を抜いて眠りが訪れるのを待つ。

……残念ながら、完全に眠る前に邪魔が入った。

何者かが音も立てずにドアを開け、忍び込んできたのだ。ロランは反射的に、シーツの下に隠した刀に手を伸ばす……こちらもそっと。

そのまま、気付かれぬように薄目を開け――たちまち目を見開いた。確保した刀が手から落ちる。

入ってきたのは、レナだったのだ。

しかもその服装たるや、肌が透けそうな薄絹の夜着である。一応、裾《すそ》の長い前を合わせ、同じ絹の帯をしているが、生地が透けてるのでほとんど意味がない。豊かな胸はほぼ丸見えだし、下着が黒なのもはっきりわかる。これだから、夜目が利く身は得なのだ。

――じゃなくて！

ロランは慌てて上半身を起こし、消したばかりのランプに手を伸ばそうとした。しかし、レナの「よろしければそのままで」という小さい声に、手を止めてしまう。あたふたしているうちに、レナはベッドの横に来てしまった。

武器などは持っていない。本当に身一つだった。

「な、なんだ⁉」

ロランにしては、動揺の滲《にじ》む声が出た。

まあ、最初にあれだけ冷たい態度だったし、よもやこんな展開は予想していなかったのだ。

ドアを蹴り開けて斬り掛かってきた方が、まだしも納得できる。

「冗談にしても、夜這《よば》いに見えるのはまずいだろ。おまえの弟が号泣するぞ」

「でも……我が君がそう仰いました」

闇の中に溶け込むような、低い囁きだった。

「俺がかぁ？」

ロランは額に手を当てて考え、やっと思い出して脱力した。

「ああ、あの丸太小屋で話したアレか……本物だったらどうのと」

自分で申し出ておいて何だが、ロラン的にはもはや完全に忘れていたのだ。あの程度のジョークはエトワールにもしょっちゅう言うし、その度に怒鳴られるわけで。

そう言おうとしたが、顔を向けるとすぐそこにモロにレナの胸が見えて、それどころではなかった。彼女の動きに合わせて、乳房が微かに揺れるところまで、はっきりわかった。思わず、喉が鳴ったほどだ。

そのまま視線を上に上げ、ロランはレナの碧眼と視線を合わせる。向こうも夜目が利くのは間違いない。ちゃんとこちらを見ているのがわかった。

……それから、少し震えているのも。

息苦しくなる緊張感は、その瞬間に解けてしまった。ロランはため息をつき、きっぱりとベッドから降りる。

「……我が君？」

「ちょっと待ってろ」

放り出してあった自分の上着を探し、ロランはレナの背中からかけてやった。

「あの……」

まだ何か言おうとするのを無視し、ポケットから発火石を出してランプに火を灯す。暖かい光が部屋に満ちて、レナが顔を伏せた。

「ほれ、ここに座れ」

ロランは椅子を持ってきて、ベッドの前に置いてやる。自分はベッドに横座りして、レナを見た。

「おまえな、震えるほど嫌なら、無理に来ることないだろ」

「……え」

レナがまた顔を上げる。

なぜか碧眼を見開き、驚いた顔つきだった。

「え、じゃないだろ。隠したってわかるんだよ」

というか、別に隠さなくてもわかる。

得体の知れない儀式で魔王認定されたとはいえ、つい数時間前のロランと何かが変わったわけではないのだ。

「おまえ、どう見ても俺が気に入らないみたいだったろ。それが今になって急に夜這いまでレベルアップするもんか！　それにだ」

何か言おうとしたレナを遮り、さらに指摘する。

「仮に俺が本物の魔王だとしても、嫌だと思うことは拒否しろよ。なんでもかんでも言うことを聞くなんてのは、人生踏み外す元だぞ……俺が言っても、全然説得力ないかもしれんが」

「違います」

珍しく、レナは慌てて首を振った。

「いえ、我が君とロラン様が同一人物だと見破れなかったのは、確かに私の不明でした。でも

でも、ここへ来たのは命令だけのためではありません」

これだけ長いセリフもちゃんとしゃべれるのだな、とロランは妙なところに感心した。

もっとも、その主張はまるでいただけない。

「じゃあ、どういう理由だったんだよ」

「それは……その……だって……私は我が君が――」

順番に語尾が細くなり、ついにレナは黙り込んでしまった。

そこで泳いでいた視線をロランに戻し、目が合った途端、ぼっと一瞬で真っ赤になってしまう。嘘臭いほど急激な変化だった。

そのまま両手で顔を覆い、また俯いてしまった。なんなのだとロランは思う。

……それはそれとして、レナは女性としては身長もあり、ロランの上着だけではあまり要所要所を隠せていない。胸も半分は見えてるし、腰から下に至っては下着のみである。当然、ともすればそこら辺に視線が固定されそうになり、ロランとしても落ち着かない。

それでも咳払いしつつ、ロランは言葉を選んで諭す。

「とにかくだ、おまえの方の事情は置くとしても、俺の方も色々あるんだよ。からかった俺が悪いんだが、初対面のおまえといきなり……そこまで仲良くするのも変だろ。いや、実は断りたくない気持ちもあるけどよ。俺は今、己の欲望と戦っているところだ」

などと、ロランは我ながら後ろ髪を引かれまくったセリフを並べてしまう。

しかし、レナの方はセリフの途中ですっかり沈み込んでしまった。椅子の上で身体を小さくして、ひたすら俯いている。

「申し訳ありません……シオン様が……いらっしゃいますね」

「シオン？　側近だったからか？」

話の先が見えず、ロランは首を傾げた。

「しかし、それはあんまり関係ないだろ。俺は魔王の記憶が皆無なんだから、指揮系統を別にすりゃ、おまえもシオンも立場は同じだと思うぞ」

だから、夜這い自体は嬉しいことなんだが――。

またぞろ懲りずにそんな軽口を叩きそうになり、ロランはすんでのところで自重した。この少女（かどうか知らんが）にはジョークが通じない。それはたった今、思い知ったところだ。

どのみち、自重したところで遅かったかもしれない。なぜなら、レナはたちまち元気を取り戻し、また顔を上げたからだ。落ち込んでいた癖に、今はすっかり表情が輝いている。綺麗な碧眼の中に、星が散っているように見えたほどだ。

「立場は同じですかっ」

「……まぁな。ていうかおまえ、ちゃんと意味わかってるか？」

「わかってます、わかってます」

何度も頷き、その度にレナの金髪（と胸）が揺れた。

「仮にシオン様が部屋に訪れても、我が君は容易《たやす》く愛を交わしたりはしない――そういうことですね！」

「す、すげー言い方だな、それ。控えめに言ってるようで、実はそのまんまだろ」

ロランはたじたじとなった。

「だがまあ、そうなるな、うん。なんつーか、いつの間にかとんでもない話になってるが」

ロランはまた立ち上がり、他の椅子にかけてあった自分のマントを取って戻る。それをレナに渡した。

「……あの？」

「服を返して、それを着けてろ。なんか目の毒で困るんだよ、俺」

「よくわかりませんけど、我が君がそう仰るのなら」

「ああ、そうしてくれ。マントの替わりはあるから、それはおまえにやる。部屋に戻る時はそれ着けて戻れよ」

「――！　お召し物を私にっ」

なぜか恐ろしいほど興奮した声で言い、レナが甘い吐息をつく。決してお愛想で言ったわけではなく、その証拠に目が潤んでいた。

埃《ほこり》にまみれたマントを抱き締め、今にも泣かんばかりに見返してきた。

釣られて、ロランまで胸の鼓動が高鳴ってきたほどだ。

「アレだな……実はおまえ、だいぶ可愛《かわい》い性格だな。初めの印象はまるで当てにならん」

途端にレナが、また劇的な速さで頬を染めた。

身も世もない恥じらい方で、見てるロランの方が驚いたほどだ。

こいつら魔族って……とロランは胸中で思う。実は人間なんかより遥かに素直で人間臭いんじゃないか？

レナを見ていると、そう思えてならなかった。

ところが、訪問者はレナで最後ではなかったのである。

彼女が去って、さぁ寝直すかとロランがベッドに戻った途端、今度は控えめなノックの音がした。というかあまりに細い音で、下手をすると聞き漏らすほどだった。

ロランは廊下の気配を感じ取り、うろんな顔で問う。

「……今度は誰だ？」

「ボク、ユキです……入っていいですか？」

「そりゃまあ、構わんが」

答えた途端、森で会った時のジャンパースカート姿のユキが、とことこと入ってきた。薄着じゃなくて、ロランはほっとした……いや、ほっとするのも妙な話だが。

ユキは例によってもじもじしつつ、ベッドに座ったロランの前に立つ。

俯いたまま、ぴょこんとお辞儀をした。

頭の白いリボンが可愛く揺れる。

「お久しぶりです、本物魔王様」

「……俺は記憶がないんだ。あと、その『本物』ってのを取れ」

言いかけ、首を振る。

「じゃなくて、ロランでいい。しかしおまえ、あの聖堂にいたかぁ？」

「ちゃんといました……ボク、速いだけじゃなくて、いざとなれば透明になれるので」

「そりゃ便利な力だな」

ロランはどこから見ても病弱少女にしか見えないユキを、用心深く眺める。

「おまえはどんな用だ？　まさか、夜伽《よとぎ》とか言うなよ」

「え、えぇーーっ。そんなぁ」

ユキはぱあっと頬を赤くした。

「それは……嬉しいことですけど、ボクじゃ無理ですよ……」

言いかけ、ユキはなぜか顔を上げる。

黒曜石みたいな目を、やたらと輝かせていた。

「あ、それとも。ロラン様はそういうの気にしませんか？」

そういうのってどういうのだ。見た目の年齢のことか？

いぶかしく思ったが、ロランは深く尋ねなかった。もういい加減、眠たかったからだ。

「その話は今は置いてだな。……どうかしたか？」

「いえ、ごく普通にご挨拶《あいさつ》です。我が君だけには、きちんと姿をお見せしようと。ちゃんと本体でご挨拶しようと思いました。以前もそうしましたもの」

「……は？」

ロランは首を傾げる。

本体も何も、数時間前に出会ったユキとまるで同じ姿、同じ格好なのだ。寸毫《すんごう》も変化した様子がない。

正直、意味がわからない。

「本体って……おまえなんだ、変身でもしてるのか」

「いいえぇ、このままです。ただ、この姿のボクが真実のボクなんです。ロラン様……つまり、魔王様にしか見せたことないんですよ。仲間の誰も、真実のボクを見たことはありません」

まるっきり訳のわからないことをのたまい、ユキはなぜか薄い胸を張った。

ロランにはよくわからないが、今のは自慢だったらしい。

次第に幼女を相手にしている気がしてきて、ロランは微笑ましく頷いてやった。

「ふむ？　まあ、今一つわからんが、おまえも俺と仲良くしてくれるってことだな」

「……はい」

恥ずかしそうに囁き、ユキはまたぺこりと頭を下げた。

そのまま、おずおずと抱き付いてくる。さすがに驚いたが、止める暇もなかった。髪から漂うよい香りに、に頭がくらくらしてしまう。

耳元に熱い息がかかり、陶然とした声音が囁く。

「ボク、ロラン様のためにがんばりますね。だからあの……」

「な、なんだ」

「お約束も忘れないでくださいい……ね」

もう一度囁き、ユキはそっと離れた。

頬を赤くしたまま、また低頭し、ぱたぱたと部屋を走り去っていく。勇気を振り絞って好きな男の子に告白した、初心《うぶ》な少女みたいだった。

ロランはベッドに横座りしたまま、何となく左右を見渡す。

遥か遠い過去の自分……シオンを初めとする仲間が言う「魔王」に、苦情を述べたい気分だった。

「おい、魔王とやら？　過去の尻ぬぐいを俺にやらせる気じゃないだろうな」

呟いたが、もちろん答える者はいない。

いずれにせよ、一つだけはっきりしたことがある。

今の自分と同じく……かつての魔王とやらも、絶対に女で苦労してたはずだ。

Chapter 5

絶望の境界《バンダリー・オブ・ディスペアー》

ロランの留守中、エトワールは叔父であるフォレスタ国王の代理として、クラウベンの全軍を統括する立場にあった。

もちろん、実際はヨハン少将が実務を引き受けているのだが、だとしてもクラウベンが君主を戴《いただ》く帝国である以上、彼はあくまで代理の立場に過ぎないし、これはロランが戻ってきても同じことだ。

国王が倒れた今、好むと好まざるとにかかわらず、エトワールは国の象徴として立つ必要があった。もちろんエトワールも、それなりの覚悟を持って重責を引き受けている。

しかしその彼女ですら、まさか連合が早々に報復戦を試みるとは思っていなかった。

何しろ連合は、トゥールでの大敗で十万の軍勢が敗走した直後である。しばらくは軍の立て直しと再編に時間を割くだろうと思っていたのだ。これはなにもエトワールだけの勘違いではなく、用心深いヨハン少将も同じ予想をしていた。

ロランがアンダーワールドへ向かった後の軍議で、「警戒は必要ですが、ここしばらくは再侵攻の可能性は低いでしょう」とエトワールに向かって保証してくれたほどだ。

——ところが、事態はそう甘くはなかった。

すなわち、連合が時を置かずに国境付近に軍勢を集めたとの情報が入ったのだ。

皮肉にもこの情報は、シオンの命令で敗走した連合軍の遥《はる》か先まで偵察に出た、数名の魔族達によってもたらされた。上空より連合領土を偵察していた彼らは、敗軍が落ち延びる先に、地平線を埋め尽くすほどの大軍を見たらしい。やむなくそれ以上の追撃を断念し、引き上げて（クラウベン軍には教えず）シオンに報告したわけである。

エトワール達はそのシオンから聞いたわけだ。

問題の連合部隊の主力は、トゥールから撤退してきた敗軍に、連合の南部方面軍の幾つかを集中させた、大規模なものである。斥候が近くまで接近して偵察したところ、兵力は二十万と推定された。

報告電文を読んだ時、エトワールはヨハン少将と顔を見合わせ、互いに絶句したものである。

連合の南部方面軍を結集したとはいえ、大敗したばかりの連合が、どうしてすぐにこれほどの大軍を集めることができたのか？

そこが謎《なぞ》だったが、たまたま捕らえた連合の斥候のお陰で、簡単に事情は判明した。

聞けば理由は簡単で、敗退したトゥール侵攻軍には、元から後続部隊がいたらしいのだ。敵のアメンティは、最初からトゥールの侵攻軍に全《すべ》てを賭《か》けるつもりなどなく、第二次、第三次に分け、続々と侵攻軍を送り込んでいる途中だったのだ。

単に帝国側が、「常識から考えて、まさか兵力分散などするまい」と勝手に思い込んでいただけである。

三次に分割して兵を送り込むのは、帝国の王都を大軍で囲むためらしいが、それにしてもいぶかしい話である。兵力の逐次投入など敵に逃げる隙を与えるようなものだ。ただこの際、それは大きな問題ではない。

今回、第一次侵攻軍が敗退したが、後続部隊は予定を変えてはいない。途中でトゥールからの敗軍を吸収し、今も国境へ向けて進撃中である。このままだと、ロランが戻る前に国境線を突破しそうだった。

もちろん、エトワールは対策を練ろうとしたが、なにしろトスカン少将以下、軍部のエリート達を思い切って解任した後である。このままでは実際の作戦運用にも支障が出るかもしれない。そこでエトワールは、ロランが密《ひそ》かにやろうとしていたことを、前倒しで断行した。叔父である国王に頼み、少佐や中佐クラスの軍人達を即座に昇進させたのだ。

戦時昇進……ロランの言うところの「大盤振る舞い」を断行したわけだが、これは結果として正解だった。

中級指揮官の彼らは総じて優秀な騎士や士官が多かったし、この危機に際して逃げを打つ者など一人もいなかった。

ただしその彼らですら、軍議の間で出した意見は、一致して籠城《ろうじょう》を支持していた。

中でも戦時昇進組の一人、ローマックス大佐は、エトワールにこう告げたほどだ。

「殿下……失礼を顧みずに申し上げます。軍は今、指揮系統を刷新した直後で混乱の極みにあり、正常復帰までには今しばらく時間がかかります。それを置いても、長年の戦火のお陰で我が軍は疲弊の際《きわ》にあると言えましょう。数万程度の寡兵をもって、二十万の大軍を迎え撃つのは余りにも無謀。せめて各地に号令してこの王都に兵力を集め、オーヴィル城にて防戦の指揮を執られるべきかと愚考する次第」

……もっともな意見には違いないだろうが、エトワールはあまり賛成したくなかった。

最大の理由は、ロランが昔、エトワールに告げたセリフである。護衛以外に剣術・戦術の教官でもあったロランは、幼い日のエトワールにこう教えてくれたのだ。

「いいか、姫さん。籠城を戦術としてやるのは構わないし、やりようによっては大いに有効だ。しかし、『最後の手段』として籠城するのだけはやめとけ。特に、大規模な援軍が見込めない時は絶対に——いいか、絶対に駄目だ。死地に入るようなものだからな！　大軍に城を囲まれ、水と食料を絶たれて長期戦に入られたら、そこでもう打つ手がなくなっちまう。後は降伏するか、裏切り者が出て内側から崩れるか、二つに一つだからな」

ロランのこの説明は非常にわかりやすかったし、エトワールは今でも正しいと信じている。

現状、クラウベン帝国には魔族という不確定な援軍がいるにはいる……が、あいにくエトワールはこの援軍をまるで信用していない。もちろんロランは別だし、現に彼の帰りを待ってはいるが、それはロラン自身と、彼が持ち出してくる予定のＬＴ兵器を当てにしているのだ。決して、魔族など当てにしてはいない。

翻《ひるがえ》って国内に援軍の当てはあるか？　これも、難しい。

優秀な兵士ほど、戦になれば先に死んでしまう。クラウベン国内は長年の戦争で精兵を大勢失い、目を覆わんばかりに兵力が枯渇している。地方を治める諸侯に命令したところで、彼らも王都に大規模な援軍を出せる余裕などあるまい。つまり、オーヴィル城で籠城などしても、にわかに大軍の援軍など見込めるはずがない。よしんば予想外に集まったとしても、その頃《ころ》にはもう城の方が落ちているだろう。

籠城などすれば、まさにロランが「絶対によせ」と諭した死地に入るようなものだ。

エトワールは戦いが嫌いだし、実際にも軍事の素人である。それでも彼女は、眼前に座す歴戦のローマックスより、遠い日のロランの言葉を信じたのだ。

よって、断固として首を振り、拒絶してのけた。

「……援軍の当てのない籠城は、死地に入るようなもの。かつて私は、ある人からそう教えられました。他《ほか》に方法がないのならともかく、今は、その策を取るべきではないと思います」

生意気だと取られても構わない……そう覚悟して述べたのだが、意外にもローマックスは苛《いら》立《だ》ちを見せなかった。それどころか彼を初めとして、ヨハン少将や他の士官達も、頷《うなず》く者が大勢いた。

そこでエトワールはやっと悟った。

この人達は、籠城など必勝の策ではないと、とうにわかっている。皆、最初から死を覚悟しているのだ。勝ちたいと思ってはいるが、勝てると信じてはいない。

その証拠に、ヨハン少将が代表してこう尋ねてきたほどだ。

「……殿下には、何かよい策がお有りでしょうか？」

驚いたことに、真剣に期待するような声音だった。

エトワールは思わず俯《うつむ》き、自分の顔色を見られないようにした。今の自分はおそらく、絶望的な表情をしているだろうから。

そ、そんなこと私に言われたって！

しばらくして顔を上げ、エトワールは辛うじてこう述べた。

「しばらく時間をください……夕刻、もう一度軍議を持ちましょう。それまでは各自、部隊の再編にご尽力ください」

「はっ」

全員が敬礼で応《こた》えた。


軍議の席であのようなことを述べたものの、特にエトワールに名案があるわけではない。ただ、とにかくしばらく考えてみたかったのだ。刻一刻と貴重な時間が失われるのはわかっているが、それでも。

一人で考え込みながら王宮内を歩いていると、後ろから誰《だれ》かがついてくる足音がした。振り返ると、警護隊の漆黒の士官服を着たワイラー中尉が、数歩離れて従っていた。

「ええと、何か？」

「はっ。殿下がお一人で移動する場合は、必ず護衛をするようにと、大尉——もといっ。ロラン中将から命令を受けております」

別に気を付けの姿勢をすることもないと思うが、ワイラーは両踵《りょうかかと》をぴたりと合わせ、直立不動の姿勢で敬礼した。

「ロランが……そう」

ちょっと嬉《うれ》しくなり、エトワールは微笑《ほほえ》む。正直、後ろについて歩かれると困るのだが、ロランの気持ち自体は嬉しかった。それに、あまりに真面目《まじめ》過ぎて目立たないが、ワイラーはこれでも、帝国屈指の剣士なのである。

実戦ではまた別なのだろうが、剣技場で行う練習では、ロランでさえたまに敗れることがあるほどだ。

そのワイラーは、控えめなエトワールの笑顔を見て、痛ましそうに言った。

「……中将は、遠からず戻ってきます。それまでのご辛抱ですよ」

ロランが戻れば何もかも上手《うま》くいく——そう言わんばかりのワイラーに、エトワールは微笑みを深くする。この青年は、年頃の少年がヒーローに憧《あこが》れるように、ロランを特別視する癖があると思う。

「あなたはロランを信じているのね」

「そりゃもう。負け知らずだった僕が、初めて勝てなかった人ですしね」

即答し、しかしワイラーはすぐに黒瞳《こくどう》を瞬《しばた》いた。

自分でも、軽すぎる理由だと思ったのだろう。

「もちろん、それだけが理由じゃないですけど。でも今回だって、あの恐ろしげな魔族まで味方に付けてしまったわけで。そんなことが可能なのは、やっぱり中将くらいですよ。僕なら思いつきもしなかったです」

ロランに比肩する長身に、いつも爽《さわ》やかな笑顔を浮かべているのがワイラーという人だが、今も見ているエトワールが眩《まぶ》しく思うほど、屈託のない笑顔だった。

「あなたは」

迷ったが、エトワールは結局、先を続けた。

「魔族を信じられる？」

「いいえ、全く！」

これまた即答だった。

しかし、ロランとはだいぶ違う返事に、エトワールは内心でほっとする。やはり、信じられないのは自分だけではないのだ。

ただワイラーは、すぐにこう付け加えた。

「でも僕は、邪悪な魔族とはいえ、中将の懐《ふところ》の深さに触れて、改心することはある……そう思ってますよ。実際、今回もそうじゃないんでしょうか」

「ふ、懐の深さにね」

ちょっと笑顔が引きつったかもしれない。

どうやら、エトワールが見るロランと彼の見るロラン像とでは、かなりの差があるらしかった。

「……どうかなさいましたか？」

「いいえ、別に。あ、そうだ」

エトワールは急に思いつき、ワイラーを見上げた。一人ではちょっと辛《つら》いが、ワイラーがついててくれるなら、大丈夫かもしれない。

「その魔族ですけど、スカイシップはロランが使ってるし、さすがに今は城内にいるのよね？」

「ええ。やっと移ってくれました」

「……今、どこに？」

「兵舎の建物を一つ、丸々提供してます。遺憾ながら、トゥール侵攻以前に逃げ出したヤツが多いんで、兵舎の方はガラガラの有様でして」

「そう……わかった。じゃあ、ちょっとシオン達と話してみる」

決断すると、エトワールは早かった。

すぐに足早に歩き出し、螺旋《らせん》階段を下り始める。

「——えっ。ちょ、ちょっと殿下。危ないですよっ」

ワイラーが後ろで焦《あせ》って声を出したが、エトワールは足を止めなかった。


王宮を出て、さらに城内の庭園を抜け、エトワールは兵舎の方へ歩いていく。

場所的には東側の城壁間近に当たり、七階建ての巨大な煉瓦《れんが》造りの建物が、延々と連なっている。その中でもさらに、士官以上と兵士とでは微妙に建物の質が違う。部屋にしても、当然ながら士官は個室が与えられるが、階級の低い兵士は共同の大部屋である。

魔族達に提供されたのは、最も城壁に近い、兵舎の最東端にある建物だった。

彼らの数は百数十名程度なので、広さだけは十分だろうが、建物の質的にはあまり良いとは言えない。正直、ここは一般兵士用でもある。

例えば、士官用の宿舎は真新しい赤い煉瓦製で、暖炉やガラスの入った窓なども装備されているが——。

隅に建つここは、老朽化も激しい年代物の木造で、しかも窓に当たるのは旧式の鎧戸《よろいど》である。壁はあちこちに穴が空き、緑色の苔《こけ》も所々に見える。

さすがのエトワールも「もう少しマシな場所に泊まってもらえばいいのに」と思ったほどだ。ここは、冗談抜きで今にも倒壊しそうだった。

ただ、相変わらずついて歩いていたワイラーが、すぐに説明してくれた。

「実は、士官用の新しい建物を貸す予定だったんですが、向こうが拒絶しまして」

「……どうして？」

「それが、理由を言わないんですよー。シオンって子は、『ロランさまのために戦うんであって、おまえ達の世話にはならない』とか、もう極限なまでに無愛想な言い方で」

ワイラーは途中で口を噤《つぐ》んだ。

おそらく、その建物からシオン本人がふらりと出てきたせいだろう。彼女はスカイシップでいつもそうであったように、今日も豪勢な格好だった。

スリットが入った黒いフリルのスカートに、やたらとレースの多いブラウス姿である。スカートがやや広がっているせいか、かえってウエストの細さが目立つ。あと、スリットから見える黒いストッキングの足も。ワイラーが慌てて目を逸《そ》らしたほどだ。

近づいてくるエトワール達を見て、
おそらく、「なにか用？」とでも言いたいのだろう……黙り込んでいるが、表情はそんな感じだ。

落ち込んでいるせいか、さすがのエトワールも、今は喧嘩《けんか》する気にならなかった。

「その、どうしてるかと思って」

まずは挨拶《あいさつ》代わりに口に出す。

しかし、返事は意外なものだった。

「……今は出撃準備中よ」

あっさりと言われ、エトワールは絶句した。見ればワイラーも初耳だったらしく、目を丸くしている。

「しゅ、出撃準備中って、誰の命令で？」

シオンはワイラーを見て薄赤い瞳《ひとみ》を細めた。

おまえはなんてトンマなこと訊《き》くの、と言いたそうだった。

というか、実際にそう言った。

「大馬鹿《おおばか》な質問……ね。シオン達が動くのは、ロランさまの命令によってのみ。そのロランさまは、留守中はシオンの判断で戦えと……そう仰《おお》せよ」

「まさか、それっぽっちの人数で連合軍を迎え撃つつもり⁉」

エトワールの焦った声にも、シオンは冷静だった。

「確かに敵の数は多い……けど、守るによい場所を選び、進撃を遅らせることは可能」

「いや、せめてクラウベン軍と相談の上で」

苦言を呈しかけたワイラーを遮り、エトワールはさらに訊く。

「ねぇ、良かったら、詳しく教えて！」

シオンは気が進まなそうだったが、エトワールが命令口調ではなかったせいか、一応、教えてはくれた。

「国境からトゥールの街に至るまでの間に、谷を越える必要があるはず。そこで敵を迎え撃つ」

エトワールは、今度はワイラーを見る。

「私は地理に詳しくないけど……もしかして、フィーユ山を抜ける道のこと?」

ワイラーは考えつつ頷いた。

「そこですね、多分。フィーユ山とカロリン台地の間に、細い小道があります。せいぜい、数百メートルほどですが。しかし――」

ワイラーは首を振る。

「あそこは山はともかく、台地の方が低くて、連合軍に上から回り込まれる危険性がありますよ。僕ならやめとくなぁ」

「それはおまえ達の場合」

シオンは薄く笑う。

「我が一族はみんな飛べる……もの。敵が台地に登ろうとすれば、ハエを叩《たた》き潰《つぶ》すように殺すまでよ」

「ハ、ハエを叩き潰すようにって……」

過激なセリフを淡々と語るシオンに、エトワールはちょっと引いてしまった。愛らしい顔と姿なのに、そんな言い方はやめてほしいと思う。

同じように思ったのか、ワイラーも顔をしかめていた。

「ま、まあ、そういう手があるなら別だけど、それにしても君達は兵力が少なすぎる」

「問題ない。ロランさまが、アポストル・ファイブを引き連れて戻ってくるまでの間、時を稼ぐだけでいいから」

「アポストル・ファイブってなに？」

これはエトワールの質問だが、シオンはもう答えなかった。面倒になったのかもしれない。

いや、どのみちフューリーを初めとする魔族戦士達が、続々と建物から出てきた。

全員が、魔装具を展開したマジックスーツ姿になっている。今にも出撃する様子だった。

それを見た刹那《せつな》、エトワールは決断した。

念のため、シオンにもう一度尋ねる。

「止めても、出撃を控える気はないのね」

「ないわ。敵は迅速……ここで出撃しないと、どのみちここまでやってくる。それは、ロランさまのご意志に反すること」

「いやぁ、中将の人望は凄《すご》いなぁ。魔族でさえ、従えるんだ」

ワイラーが斜め方向に感心した。

もちろん彼は、ロランが並べた大嘘《おおうそ》（魔族を圧政から解放した云々《うんぬん》）を信じているのだ。

「おまえ、いつもロランさまにまとわりついているけど、なんなの？」

シオンがいきなり、逆に訊いた。

……平板な口調で。

「僕？　僕はロラン中将の腹心で、数年来の副官さ。ワイラー・グッテンハイム中尉というんだが、覚えておいてほしい！」

　ワイラーが無駄に胸を張る。

　シオンは「……副官？」と呟《つぶや》き、複雑な表情で横目を使った。気に入らない目つきに見える。優しそうな美貌《びぼう》に惹《ひ》かれた様子は、微塵《みじん》もない。

「それはシオンの役目、なのに」

　ワイラーが不審そうに首を傾《かし》げたが、エトワールは二人の間に割って入った。

「シオン、お願いがあるわっ。せめて、こちらの出撃準備が整うまで待って！　帝国軍も、あなた達と行動を共にするからっ」

「ええっ⁉」

　驚いた声を出したのは、シオンではなくワイラーだった。

「軍の徴集と再編には、まだもう少し時間がかかるはずではと」

「私達にはその時間がない。連合は再び国境に迫ってきてるのっ。準備が完全に終わるのを待っていたら、またトゥールまで押し込まれるもんっ」

　エトワールはワイラーを黙らせ、なおもシオンに頼む。

「ねえ、私達が協力することこそが、ロランの望むことじゃない？　彼は決して、あなた達の単独行動を喜びはしないと思うわよ。同盟を提唱していたんだものっ」

　エトワールにも業腹《ごうはら》だったが、ロランに絡《から》めた説得は、さすがに効果があったようだ。シオンはともかく、その背後に集いつつあったフューリー達魔族が、低くざわめきを洩《も》らした。ロランの名前は、彼らには大いなる影響力を持つのだ。

シオン自身も眉根《まゆね》を寄せて考え……そのうち、ため息をつく。

「人間は全く信用できないのだけど。仕方ないわね、ロランさまの望みなら」

エトワールはむっとしたが、辛うじて反論は避けた。同時に、前へ出ようとしたワイラーをさりげなく止めた。ここでシオンと争うことに益はない……そう思ったからだ。

しかし、後になって思えば、この時、無理にでも訊いておけばよかったのかもしれない。

「なぜそこまで人間を嫌うのか？」と。

自分を含めて、人間側が魔族を嫌うのはわかる。最初に人間世界に攻めてきたのは魔族のはず……歴史はそう伝えている。しかし、どうして魔族が人間を嫌うのか？　単純に長きに渡った戦争の影響でだろうか。

腹も立ったし疑問にも思ったが、エトワールはこの時、自分の都合を優先した。

「じゃあ、待ってくれるわねっ。すぐに用意させるから」

シオンは少し考えたが、それも数秒ほどのことだった。冷え切った眼差《まなざ》しでエトワールを見つめ、彼女は端的に言った。

「シオンの気が変わらないうちに、急ぎなさい」

——エトワールは言われるままに急いで王宮に戻ったが、ことはそう簡単ではなかった。

いや、ヨハン少将に事情を打ち明け、シオンの考えを話すところまでは、問題なかった。

ヨハンは髭《ひげ》をしごきながらしばらく考えていたが、「戦法としては悪くないですな」と（気が進まなそうではあるが）認めたからだ。

よって、共同歩調を取るのにやぶさかではない、と。

この返事で、エトワールはヨハンを大いに見直したほどだ。何しろ、魔族など関《かか》わるのも嫌というのが、大半の人間が持つ意見なのだから。

ところがである、喜びに弾《はじ》けるエトワールに、ヨハンはこう釘《くぎ》を刺した。

「ただ殿下は王宮で留守をお守りください。彼女に同行する部隊は、臣《しん》めが引き受けます」

後から「じゃあ、私が叔父上の代理ということでっ」と告げようと思ったが、見事に先制されてしまった。

「えーーーっ、なんでえっ⁉」

不平不満の叫びを上げたが、ヨハンは歯牙《しが》にもかけなかった。

「なんでもです。駄目と言ったら駄目です」

ちょ！　なによそれっ。

エトワールが腹を立てたのは言うまでもない。こうなったら、叔父上に直訴してやるんだからっ。

☆

今、再びクラウベンへの進撃を開始している部隊は、正式名称を「商業都市連合南部方面軍第二軍・三軍合同部隊」という。

つまり、連合の南部に幾つもある方面軍のうちの合同軍である。当然、二軍三軍共にそれぞれ司令官がいる。

二軍の司令官はフェルトナー少将、第三軍はソーン少将が率いている。

そもそもこの二つの方面軍は、当初、ある程度の時間差を置いて進撃していた。しかし、先に侵攻した第一軍のロイド少将が討ち取られたことで、第二軍を率いるフェルトナーは警戒心を強めた。自らの戦功より、安全策を採ることに決めたのである。

その場でノーランディアの総司令部に電信信号を送り、合同作戦を献策した。時間はかかったが、司令部はなんとか合同作戦の許可を出してくれた。

フェルトナーは早速、後から来る第三軍を待って兵力を増強し、総計二十万の大軍となったわけだ。

「実に馬鹿馬鹿しいっ」

再進撃を開始したフェルトナーは、馬を進めつつ、聞こえよがしに不平を鳴らした。

大陸の最北方の村を故郷とする彼は、特有の赤毛をかきむしりながらボヤいていた。

「最初から、第一～第三軍まで兵力を結集しておけばよかったんだ。敵をナメるからこうなる！　実際の戦場を知らない総司令部——いや、革命評議会の連中は、これだからなっ」

青ざめた副官を無視して、さらに愚痴る。

「そもそも、朋輩の将官が全員少将ってのは、これも何を考えてるんだ？　指揮系統が一本化されないじゃないか！　お陰で統制もなにもあったもんじゃない。ソーンの馬鹿は、自分が戦功を上げることしか考えてないときてるしっ。ったく、あの豆商人の息子は、昇進しか頭にない！」

特に声を潜める様子もない豪快な愚痴に、周囲に馬を寄せていた部下達が、そっと顔を見合わせる。上官の代わりに自分達の方が怯《おび》えていた。

彼の隣にいた副官のナタリー中尉が、それを見て焦ったほどだ。

「閣下、味方の陣中とはいえ、不心得な者がいないとは限りません。そういうことは、どうか小さい声で」

少壮の気鋭として幾多の戦功を上げたフェルトナーは、美人副官に肩をすくめてみせた。悪びれる様子は全くない。

「構わんさ、別に。正しいことを述べてクビになるなら、そんな国に未来はない。その時は、親父《おやじ》に倣って猟師でもやる」

どこまで本気なのかわからないが、フェルトナーの顔は完全に真剣だった。

ナタリー中尉が黙り込んでしまうと、入れ替わりに背後から伝令が馬を寄せてきた。

「フェルトナー少将っ。少将殿っ」

「なんだ、また難題かっ」

無精髭を撫《な》でつつ、フェルトナーは不機嫌な顔で振り向く。

伝令は、すぐさま馬を寄せてきた。

「ノーランディアの革命評議会より、新たな命令が届きましたっ」

制服の懐に手を入れ、電文の命令書を差し出す。渋々受け取り、フェルトナーは素早く暗号電文を黙読した。

読後、思わず首を傾げる。

「閣下、なんと？」

ナタリー中尉に、上の空で答える。

「新兵器のバンダリー・オブ・ディスペアーを高速スカイシップで輸送中なので、確実に受領するように――とある」

フェルトナーは馬足を緩めもせず、顔を上げる。ナタリー中尉がまた一段と顔色を悪くしたのを見て、眉をひそめた。

「どうした、中尉」

「バ、バンダリー・オブ・ディスペアー……じゃあ、私達が相手にするのは」

言いかけ、慌てて自分の口元を押さえる。白い額に汗まで浮かべている。あまりといえばあまりな動揺ぶりだった。

フェルトナーはかえって顔をしかめた。

「おい、なんで俺《おれ》が知らないで、副官の君が知ってるんだ？」

「わ、私はここへ来るまで技術部におりましたので……ですからその」

栗《くり》色の髪のナタリーは、必要以上にフェルトナーの方へ馬を寄せた。伸び上がるようにして耳元で囁《ささや》く。

「閣下、バンダリー・オブ・ディスペアーというのは、あの重犯罪刑務所のディスペアーで研究されていた、新兵器なのです。使うのは人間に対してではなく、対魔族専用――つまり」

せっかく声を潜めたのに、結局、あまり意味はなかった。なぜなら、そこまで聞いたフェルトナーが、顔を上げて大声で叫んだからだ。

「なにいっ。するとなにか、俺達の敵には魔族も入ってるわけか！」

「か、閣下⁉」

ナタリーが呻《うめ》いたが、もう遅い。

フェルトナー達の周囲でざわめきが満ち、そのざわめきはすぐに波紋となって連合の全軍に広がった。

クラウベン帝国は魔族とつるんでいる⁉

トゥールの奇襲に敗れた第一軍の時は、まだ噂《うわさ》に過ぎなかった。しかしようやく、真実が広まり始めたのだ。

総司令部はともかく、連合の一般兵士達が魔族の再来を信じたのは、、実にこの時が初めてだった。

☆

北側から帝国の国境を過ぎると、まずは「安らぎの野」と呼ばれる荒野が広がり、そこも抜けると一番近い街のトゥールまでは数時間ほどしかかからない。

ただし、そこへ行くまでの間に、多少の難所がある。それが、フィーユ山とカロリン台地の間を抜ける、狭い小道である。

緑豊かな標高三百メートルのフィーユ山が東にあり、西には草木の全く生えない死滅した場所、カロリン台地がある。遥かな昔はここも普通の山だったらしいが、今はどう見ても台地である。……元の山の頂上部分が3分の1ほど大きく削られ、すっかり平らになっているからだ。

今でこそ不毛のはげ山だが、ここが普通の山地だった時は、おそらく緑の木々で覆われていたのだろう。

しかし伝説では、かつての魔族との戦争の際、人間側が極めて強力なLT兵器を使い、魔族ごとこの一画を破壊したのだという。どのような兵器かは記録でははっきりしないが、その証拠は今もちゃんと残っているわけだ。

それどころか当時は、フィーユ山とカロリン台地は、地続きの一つの山だったという伝説もある。それが今は、狭い小道を隔てて二つに分かれてしまっている。

ただ、狭いとはいっても、馬車の二台程度は横並びで通過できる程度の広さはある。よって、周囲に住む住人達には、特別の問題はない。

しかし、これが二十万を数える大軍だと話は別で、否応《いやおう》なくそこで細長い隊列を組む必要がある。この小道を抜けると、またしばらく荒野のごとく開けた場所に出るのだが、それまでは縦隊で進むしかないわけだ。

——シオンが目をつけたのは、このような場所だった。

エトワールと共同作戦を約束した数日後、シオンは連合に先んじてこの小道に辿《たど》り着いた。ちなみに、協同作戦を採るはずの帝国軍は、遥か背後である。百名少しの魔族達とは、そもそも行軍速度が合わなかったのだ。

すぐ前方には、台地と山に挟まれ、細い隙間《すきま》のごとく問題の小道が見える。シオンはそこで停止を命じた。

「……ここで小道の終点を囲むわ。連合を足止めする」

そばにいたフューリーが、確認した。

「人間と一緒に、ですか」

その言葉に、シオンは馬上から無言で浮遊し、南の方角を振り向く。特に遮る物もないので、見通しは良い。

……エトワールが国王の代理として率いる一万の帝国軍は、街道沿いにゆっくりと北上中だった。まだ豆粒以下の大きさでやっと先頭が見えているところだ。

数が数だけに、シオン達に追いつくまでは、かなりの時間がかかるだろう。

馬に舞い降り、シオンは素っ気なく答える。

「後続が到着したら……ここを囲むのはあの者達に任せる。シオン達は敵が退却したら、追撃して叩くの」

「わかりました」

いかにも気乗り薄そうだったが、フューリーは一応、頷いた。

その気持ちはシオンにもよくわかる。人間のために戦っているようで、面白くないのだろう。

しかし、シオンとしては決してそうは思っていない。

「フューリー」

「はい？」

「シオン達は決して人間のために戦うんじゃない……全ては我が全能なる君のためよ」

「失礼しました、シオン様」

フューリーはやっと納得して低頭した。

「全ては我が全能なる君のために……仲間が平和に暮らせる、来るべき新しき世界のために
……そうでしたね」

やっと笑顔を浮かべたが、すぐに厳しい表情を取り戻した。

「ただ、敵は二十万。人間の力が取るに足りないとはいえ、我々だけで防げるでしょうか」

「別に皆殺しにするわけじゃないもの。追い返せばいい」

シオンは冷静に返す。

「それに、シオンは感じる……間もなくここに、アポストル・ファイブが数名と、我が君も到着なさるわ」

仲間がざわめきを洩らした。

フューリーが蒼黒《そうこく》の目を一杯に見開いてシオンを見た。

「アポストル・ファイブがですか⁉　第二時代にすら、撤退時に参戦しただけなのに。こんな緒戦で……」

「それが、我が君のご意志」

シオンはゆっくりと背後を見た。

彼女以下、既に全ての仲間はマジックスーツに着替えている。普通にいつものドレス姿なのは、シオンのみだった。

「だから敗北はないし、あってはならないの。全員、我が全能なる君の御前で、存分に戦いなさい」

全員が心からの歓声を上げて応えた。


シオンの予想よりは遅かったが、連合はやってきた。

じんわりと時間が流れ、午後の日差しが少し傾き始めた頃、微《かす》かに遠雷のごとき地響きがした。それと、フィーユ山を越えた遥か向こうに、砂塵《さじん》が立ち上るのも。

二十万の大軍が、この小道に迫りつつあるのだ。早くも、軍の先頭に立って偵察の任を負う斥候が数名、馬で小道を抜けてくる。

（どこかで寄り道でもしてたの？　仲間が前に確認した位置からだと、もっと早く到着するはずなのだけど）

シオンは小首を傾げる。

そして斥候達は早くもシオン達を見つけ、慌てて小道の途中で馬足を止めた。こちらを窺《うかが》うようにじっと眺めている。

「運が悪いわね……もうおまえ達はシオンの射程にいる」

独白し、シオンは軽く手を振った。

途端に——物も言わずに斥候達が落馬してしまう。全ての生気を吸い取られ、即死したのだ。無形の力が身体《からだ》に満ちるのを感じ、シオンは軽く目を閉じる。

なおも微動だにせずじっと待つ。

最初はおそるおそる、そして後は数を頼んで、敵の大部隊が続々と小道を通って出てきた。

前方に固まったシオン達を見て、一応は前進を止めたが、数が数だけにさほど警戒してくる様子はない。騎馬隊が先頭に立ち、全員が槍《やり》を構えて今にも突撃してきそうだ。

そこまで状況が変化して、やっとシオンは目を開く。仲間は冷静にシオンの命令を待っている……そして、後続のクラウベン軍はまだ到着していなかった。

今しばらく時間がかかるだろう。

シオンは決断した。このまま放置すれば、後から後から小道を抜けてくるだけである。エトワールが遅れているが、構っている暇はない。

「薄汚い人間共に、魔族の真の恐ろしさを教えてあげるわ。——フューリー！」

「はっ」

傍《かたわ》らのフューリーに、命令を下した。

「シオンがまず、敵の大軍を叩いて出鼻を挫《くじ》く。おまえ達は、混乱に乗じて突撃を」

「はいっ」

頼もしいフューリーに頷いてやり、シオンはふわりと馬上から舞い上がる。ドレスのまま、悠々と高度を上げるシオンを見て、連合軍が驚きの声を上げていた。

およそ数十メートルも上昇しただろうか。

小道を出て陣形を組み始めた連合の部隊を俯瞰《ふかん》し、シオンはにんまりと微笑む。

「再び、我が一族が戦う時が来たわ……大いなる我が君の下で」

レース飾りが目立つ袖口《そでくち》ごと、右手を天に向かって伸ばす。華奢《きやしや》な手が五指を開くと、その直上で大気が微妙に揺らいだ。

その揺らぎは次第に大きくなり、やがてうっすらと黒く透けた、巨大な鳥の形を取った。透けているとはいえ、翼の端から端まで、およそ二十メートルはある。

何が始まるのかと、下界の兵士達は全員、こちらを指差して喚《わめ》いていた。

「冥界《めいかい》への誘《いざな》いをおまえ達に。――お行きなさい、ブラックバード！」

シオンは、さっと下界を指差す。

言下に、半透明の怪鳥が連合の陣地へと急降下していった。

隙間風が鳴るような不気味な音を引きずりつつ、密集した連合軍のすぐ頭上を、ごおっと通り過ぎていく。最後に、小道の出口にまで至り、そこで消滅した。

しかし……その怪鳥が通った直後、ばたばたと兵士達が倒れていく。飛来した直下を中心に、あたかも死体の道をつけるように。

無論、全員が即死している……全ての生命エネルギーを奪われて。

さらなる力を得たシオンの身体からは、今や真紅の輝きが漏れ出していた。昼になお目立つその輝きと、シオンの微笑を見て、連合兵下達は我を忘れた。

「し、死んだっ。怪鳥が通った後、全員がっ」

「なんだ、あいつはなんだ、どういうことだ⁉」

「人間じゃないっ、あいつは絶対に人間じゃないぞっ」

「じゃあ、こいつらが噂の魔族か！」

「つ、次は俺達かもっ」

最後に誰かが叫んだその一言が、さらに恐慌の火を広げた。既に連合軍は小道を抜けて千名ほどがこちら側に来ていたのだが、そのほぼ全員が逃げに転じた。

大軍故に、後から後から狭い谷間を抜けて人数が増えていたが、味方を押しのけ、我先へと退路である小道に殺到する。

後続の部隊は訳もわからずに怒鳴り立てたが、構う者はいなかった。

「何事だっ。どうして撤退してくる！」

「ま、魔族が攻めてきたんだよっ」

腕を掴《つか》まれた兵士は、例外なく唾《つば》を飛ばしてそう喚いた。

「このままだと、皆殺しにされるぞっ。おまえも早く逃げろ！」

さすがに新手は易々《やすやす》とは退かなかったが、怯懦《きょうだ》は伝染する。撤退してきた兵士達の青ざめた顔を見て、同じく逃げに転じた者も大勢いた。

結果、フィーユ山の入り口から、後から後から先発の部隊が逆流してきた。それも、兵士達全員が武器を投げ捨て、手を振り回しながら。何事かと思う、動揺しきった様子だった。

お陰で、整然と行軍の順番を待っていた連合本隊でも、微かにざわめきが走ったほどである。


「なんだぁ?」

本営にあって、連合少将のフェルトナーは首を傾げた。

ナタリーを見たが、もちろん彼女にもわかるはずがない。

「まだ戦う前から、何の騒ぎだっ。おい、誰か事情を聞いてこいっ」

苛々と待つうちに、やっと続報がきた。

フィーユ山とカロリン台地を通る小道を抜けた向こうに、魔族が陣取っているという……それを聞いた時、フェルトナーは「もう来たのかよ!」と渋面になった。

ナタリーから新兵器の情報を聞き、この分だと魔族が出るかもという覚悟はしていたが、それでも「まさか」という思いがあったのだ。

なにしろ第二時代から第三時代に移り、既に何百年も経《た》っているのだ。

その間、魔族は一度も公の舞台に登場したことがない。

「くそっ。マジだったのか……クラウベンはマジで魔族とつるんでるのかよ」

ぼさぼさの赤髪をかきむしる。

「こうなると、戦術も再検討した方がいいだろう。せめてここで陣形を変えて——」

「いや、それには及ばない」

背後から、誰かが遮った。

「我が軍は、このまま敗走すればいい。とにかく、今はね」

フェルトナーはその低い声を聞き、声に出さずに呻いた。まさか直接……直接、指揮を執るつもりなのか。越権行為じゃないのかっ。

背後から聞こえる足音に、副官のナタリーが早速、振り返って敬礼している。

やむなく、フェルトナーも渋面で振り返った。

——くそっ。

新兵器だけがくりゃいいのに……余計なおまけまでっ。俺ぁ、全くついてない！

☆

クラウベン帝国軍は、やっとフィーユ山が間近に見える位置に着いた。

騎兵四千に歩兵が六千ほどで、もう少し時間があればともかく、急場にかき集め得た人数としては、これで精一杯だった。

随行をヨハン少将に厳重に止められたエトワールだが、結局はフォレスタの代理として同行している。病床のフォレスタに頼み込み、許可をもらったからだ。最初は渋っていたフォレスタだが、エトワールの渾身《こんしん》の懇願に、条件付きながらついに折れてくれたのだ。

「叔父上だって、初陣はあったはず！　それも、私より幼少の頃だと聞いてますよっ」

エトワールがそう迫ると、フォレスタは苦笑して目を閉じたものである。

「……確かにな。私の初陣は辺境の反乱軍相手で、まだ十二歳の時であった。女性の身とはいえ、おまえもそろそろ経験するべきかもしれん」

この言葉が、エトワールの出陣を決めたのである。さすがの頑固少将も、国王直々の許可を取り消すことはできず、晴れてエトワールは国王代理として軍に同行している。

もちろん、実際の指揮はヨハンが執るとはいえ、名目上の総指揮官はエトワールということになる。

そして、魔族との共同作戦をも計画していたエトワールだが、あいにくエトワールの本隊がフィーユ山の小道に到着した時には、もはや誰もいなかった。こちら側には、無数の死体しか残っていなかったのである。それも、全てが連合側の兵士だった。

馬上、ヨハン少将は何かの道のごとく帯状に倒れている死体を眺め、首を振った。

「これは……魔族戦士が何か奇妙な術を使ったと見えますな」

「シオン達はどこ⁉」

白いレザーアーマー姿のエトワールは、業を煮やして訊いた。訊いてわかるものでもないだろうが、出遅れて焦っていたのだ。

一人なら、馬を急き《せ》立てて走って見に行ったことだろう。

「……おそらく生き延びた連合の先陣は、この術のお陰で腰が引け、全員が小道の向こうに逃げたのではありますまいか？」

立派な髭をしごきつつ、ヨハンは即答した。

「じゃあ……私達が勝ったの⁉」

喜色溢《あふ》れるエトワールの声に、ヨハンは首を振った。

「ここの死体はせいぜいが数百です……二十万から見れば、爪垢《つめあか》にもなりますまい。連合の本隊が戦意を失ったと見るのは早いかと」

「なら、私達もすぐにシオンの後を追いましょうよっ。どうせあの子、深追いしたに決まってるもの！」

「殿下、出陣前の彼らとの取り決めをお忘れですか」

ヨハンはエトワールを窘《たしな》めた。

「我々はこの出口で守りを固め、地形を利用して連合を叩くことに同意したはずですぞ。一万の兵力なら、かろうじてそれが可能です。しかし、小道の向こうに出てしまうと……もはや、敵の大軍とまともに相対することになる。最初から無謀な兵力差なのですから、死にに行くようなものです」

「そ、それはわかってますけど……」

言葉に詰まったエトワールは俯いたが、それでも納得したわけではない。

いや、ヨハンの説明はよくわかるし、実際にその通りだと思う。しかし、魔族達は一万どころか、百名ほどしかいないのだ。

自分達は（比較的）安全圏にいて、そんな少数の彼らだけを危険な目に合わせていいのだろうか。そんなことで、本当の共同作戦と言えるのか。単に彼らを死地に追いやっているだけではないか。

エトワールは魔族が嫌いである。

それでも、これは余りな仕打ちの気がする。「人間は信じられない」とシオンは言った。この有様では、とてもその言葉を否定できないし、する資格もない。

でも「作戦指揮は基本的にヨハンに任せる」と、フォレスタと約束している。それが、随行の条件だったのだ。王女とはいえ、滅多に余計な口出しを出せる立場ではない。

考え込むエトワールを横目に、ヨハンがいきなり命令を下した。

「誰か、斥候を出せっ。小道の向こうまで出て、戦況を確認しろっ」

「ははっ」

遠くで伝令が走っていく。

「……ヨハン?」

「まずは、向こうの状況を確認します。援軍を出すかどうかは、それを確かめてのことです」

ぱっと顔を上げたエトワールに、ヨハンは渋い顔で頷く。

「このヨハン・クリスチャンセン、戦場で同盟軍を遇する礼儀くらいは知っております。どうしてもとなれば、危険を犯すことも考えましょう。無論、望まぬことではありますが」

エトワールは感動して、老将を見た。

「ヨハン……あなた、伊達《だて》に年は取ってないわね」

エトワールとしては精一杯の賛辞だったが、あいにくヨハンは、さらに顔をしかめた。

「前から思っていましたが、殿下は人を褒めるのが不得手ですな」

シオン達は、既に小道を抜けて、さらにその先へと敵を追撃している。

フィーユ山の向こうに布陣していた連合の大軍は、味方を押し戻し、小道から押し寄せてきた魔族達に動揺し、一斉に後退を始めている。

もし誰かが上空から戦場を眺めれば、レザーアーマーを纏《まと》った連合軍の一画に、漏斗状の穴が空いているように見えただろう。

シオンは既に先陣をフューリーに譲り、自らは最後尾で、味方が撃ち洩らした敵を片端から斬《き》り殺している。

ドレスを纏ったままの右手には、例の巨大なグレートソードがあり、休む暇もなく敵を薙《な》ぎ倒していた。

「――はっ」

短い気合いの声と共に、超特大の両刃剣が、疾風のごとき勢いで襲ってくるのだ。間合いもやたらとあるし、下手に近づく兵士は例外なくその餌食《えじき》となった。

シオンもまた、ロラン以上に底なしの体力に物を言わせ、決して下がることがない。ただひたすら前進し、連合兵士を薙ぎ倒していく。

腕を飛ばされ、腹を抉《えぐ》られ、時には胴体ごと輪切りにされる……連合軍兵士は、例外なく金属鎧ではなく、軽快なレザーアーマー姿なのだ。シオンの巨大なグレートソードの前には、紙一枚程度の役にも立たなかった。

ただし、もしもプレートアーマーを装備していても、結果は同じだったかもしれない。なにしろシオンは、巨大な両刃剣が霞《かす》むほどのスピードで振り回しているのだ。金属鎧であろうと両断していただろう。

大軍故に、逃げるに逃げられず、たまに向かってくる者もいたが、今のところ、誰も剣を合わせることができないでいる。

いや、勇敢にも機会を窺っていた士官が一人、長剣を手に駆け込んできた。

「油断したなっ」

シオンが二人ほどまとめて薙ぎ倒した、まさにその瞬間を狙《ねら》ったのだ。ちょうどシオンは大剣を斜め上に振り切ったところであり、味方の犠牲で血飛沫《ちしぶき》が舞ったところだった。

怒りに燃えた男は、その瞬間を狙ったのである。

しかし、間近で男は目を剥《む》いた。

剣を握ったシオンの片手が霞んだかと思うと、返す剣でもう逆方向——つまり、男の方へ剣が殺到してきたからだ。

重すぎる大剣をスプーン扱いするような軽々とした剣捌《さば》きであり、しかも男の耳元で剣風が聞こえた。

「そんな馬鹿な——」

男が最後に見たのは、シオンの冷え切った赤い眼差しだった。

飛び込んだ敵をあっさりと両断してのけたシオンは、宙に吹き上げる血泉など見もせず、次の敵を求めて走る。しかし、既にシオンの回りからは急速に敵が消えつつあった。恐れをなして、みんな逃げてしまったのだ。

後ろを振り返ると、敵味方を含め、シオンは自分が本当の意味で最後尾にいることを知った。そこで再び上昇し、とりあえず戦場を眺めてみることにした。

……上昇して戦場全体を眺めると、不自然な点に気付いた。

フューリーを先頭に、味方は相変わらず、快進撃を続けている。しかし、その周囲こそ、連合は逃げ散っているものの、全体として見れば、敵の布陣は決して崩れていない。

フューリー達は、確かに大軍に楔《くさび》を打ち込み、敵を後退させてはいる。だがしかし、それはどうも、敵の大軍によって誘導されているようにも見えた……気のせいかもしれないが、任意の位置まで魔族を引き寄せようとする意図が感じられる。

そして今この瞬間、敵は味方の遥か両翼に静かに大軍を移動させ、囲みつつある。

しかも、なぜかその部隊には弓持参の兵士が多かった。

シオンは上空で目を細めた。

「包囲したとしても、それだけでは決定的な対抗策にはならない……はずなのに。ましてや、弓ごときで」

魔族はその気になれば空を舞える。

大半の人間とは違い、上昇して逃げることが可能なのだ。その程度のことは、過去の戦いからも、とうに人間は学んでいるはず……あるいは寿命の短さ故に、早くもそんな常識は忘れたのか。

しかし、シオンは自分の戦士としての勘を信じた。敵を甘く見て成功した試しはない。かつての戦いも、人間という種族を甘く見過ぎたが故に、彼らの逆襲を許したのだ。

「……フューリー達を止めるっ」

シオンはその場で目を閉じ、自分の声を魔力で彼女に届けた。この距離なら、それが可能だ。

☆

その時、フューリーは仲間の先頭に立ち、存分に魔力を振るっている最中だった。

別に武器を使った戦いも苦手ではないが、この大軍を相手なら、攻撃魔法の方が効率が良いと思ったのである。なにしろ、魔力を開放すれば、必ず当たる。

敵に魔法使いはほとんどいないらしく、同じく魔法で対抗してくる者は数えるほどもいなかった。たまに反撃の魔法が来ても、長々とインストラクション・コードを唱えた末に、へろへろの炎が飛んでくるのがせいぜいである。あの程度では、魔力への抵抗力が強いフューリーにはほとんど効果がない。

主神ベルネスとの契約を交わした上でないと、人間は魔法を使えないそうな。その証拠が、あのインストラクション・コードとやらだ。

魔力の源である、星のコアと直接共鳴できるフューリー達とは、そもそも戦士としての資質が違い過ぎる。二度の戦いを経て、フューリーにはそれがよくわかった。

もちろん、向こうが弓や剣などで対抗しようと、こちらが攻撃魔法を放つ方が早い以上、さしたる障害でもない。

第三時代に生まれた若い彼女は、すっかり人間という種族を見切った気になった。

(なんなの、この弱さと士気の低さはっ。かつての仲間は、どうしてこんな連中に苦戦したのよ⁉　我が君の足ばかり引っ張ってたんじゃないのっ)

「なんてひ弱なヤツらっ。まとめて死んじゃえっ。ブラストフレイム‼」

さらに魔力を開放し、前方の敵に放つ。

渦を巻く業火がシオンの眼前で炎の激流を作り、一心に逃げる敵をまとめて薙ぎ倒す。後に残るのは、黒焦げになった死体と、炎を纏って地面を転げ回る犠牲者ばかりだ。

そもそも、後ろから追撃しているフューリーにとっては、まさに狙い放題である。

耳元でシオンの声が聞こえたのは、この時だった。

『フューリー、敵の動きがおかしいわ。一旦《いったん》、退きなさいっ』

「えっ」

声を上げげつつも、フューリーはそのまま疾走を続けている。

振り向きもしなかった。別にシオンに反抗する気などないが……なぜか自分でも腑《ふ》に落ちなかったのだ。

「フューリー、どうかしたかっ」

併走していた仲間の一人が、訊いてきた。

「いや、シオン様が」

言いかけ、フューリーは首を振った。

「……なんでもないっ」

何が腑に落ちなかったのか、フューリーはやっと思い当たった。

シオンと一緒に、自分も我が君に頼まれているのだ。スカイシップで旅立つ前の夜、あのお方はこう言い残した。

『万一、戦いが始まれば、俺の代わりに連合を追い返してくれ』と。

今、撤退することは、我が君の意志に背くことじゃないの？

フューリーはそう考えた。

魔族である限り、優先順位は常にはっきりしている。

全てにおいて、魔王の命令が優先される。これが絶対の原則であり、わずかな例外すら有り得ない。あのシオンといえども、この原則を崩すことはできないのだ。

あのお方は、「いざという時は撤退していい」とは仰《おっしゃ》らなかった。

あのお方が明言しなかった以上、フューリーに退却の二文字はない。例《たと》え二十万の敵といえど、追い返すまでただ前進あるのみ。

「我が君のご命令が全てよ。このまま敵を押し戻すっ」

ただし、フューリーはその場で大地を蹴《け》り、上空へと舞い上がった。原則は死守するにしても、その旨《むね》はシオンに言おうと思ったのだ。上空で浮遊し、シオンを求めて振り向こうとした、その時――。

なぜか、周囲が急激に色変わりしていった。

あたかも、色のついた水に飛び込んだように、景色が青い色を帯びていく。

ただ、この現象は戦場全てに生じているわけではなかった。なぜか魔族達が固まっている場所を中心に、薄青く染め上げられていくようだ。

その奇妙な大気の変色は、地上だけではなく、フューリーのいる上空にも及んだ。しかも、周りが青く染め上げられた途端、彼女はいきなり墜落した。

「な、なんだっ」

慌てて魔力を制御しようとしたが、肝心の魔力が己の内から枯渇していた。信じがたいことに、浮遊を維持するほどのわずかな魔力さえも。

フューリーはそのまま墜落し、大地に叩き付けられた。


フューリーが墜落した時、さすがのシオンにもすぐには状況が掴めなかった。

ただ、仲間の魔族が固まっている辺りを中心にして、正四角形に薄青色に染まっている。大地はおろか、かなりの高空に至るまで、広範囲に。そこだけ周りと色違いになっていて、目に見えないフィルターをかけたようにも見える。

外側から見ると、ちょうど、巨大な薄青い立方体の中に、フューリー達が閉じ込められたように見える。

しかも、周囲の連合兵士達をも巻き込んで。

「……なんのつもり?」

シオンの疑問は、すぐに解消された。

色変わりした外側から、敵兵士の誰かが矢を射ったのだ。もちろん、普通はそんなもの、避《よ》けるかシールドで弾けば終わりである。

実際、当たりそうだった仲間は、薄笑いで待ち構えていた——。

だが、そのまま彼の右胸に矢が刺さった。

仲間は信じられないという目つきで、自分に刺さった矢を見下ろし、呻き声を上げた。

「馬鹿なっ。魔力が——」

二の句を継ぐ前に、他の敵兵が放った矢が次々に刺さり、彼はついに倒れてしまった。

その頃にはもう、敵兵にも事情が知れたと見え、真似《まね》して外から矢を射る者が次々と出た。

魔法によるシールドが使えないことに気付いた仲間は、やむなく卓越した反射神経で避けるか手で叩き落とすかで対応したが、あいにく飛来する矢が多すぎた。

加えて、敵の指揮官が命じたのか、周囲の敵は全て薄青く染まったフィールドから距離を取り、矢を射かけることに専念し始めた。自分達の仲間も相当数が中にいたのに、お構いなしである。魔族への恐怖のせいで、同士討ちを辞さないほどに追い詰められたか……最初からその程度の犠牲は覚悟していたかだ。

一人、離れた上空にいるシオンは、大きく息を吸い込んだ。

「あの青いフィールド内では……魔法が使えなくなる……どうして？」

理由はわからないが、今は詮索《せんさく》している場合ではなかった。

仲間が……シオンの仲間が次々と矢に倒れ始めている。避けられる場合も、背後の仲間を気遣ってあえて矢を受ける戦士もいた。お陰で、体中が血まみれになっていく。

彼らもこの青いフィールドのせいだとわかっているらしく、外に出ようとはするのだが、周囲を囲まれていて、思うに任せなかった。誰かが脱出しようとすれば、いつの間にか囲んでいた弓部隊が前に出て、雨霰《あめあられ》と矢を射かけるのだ。魔族といえど、魔法が使えない状態では、避けるといっても限度がある。

しかも、攻撃魔法を中心に敵を追い詰めていた仲間がほとんどで、武器を持っていない者が多い。シャドウと呼ばれる亜空間経由で武器を引き寄せるには、魔力が必要なのだ。

「……このままではっ」

シオンは奥歯を噛《か》みしめた。

どういう方法でこの青いフィールドが出現したのかわからない以上、闇雲《やみくも》に敵を攻撃しても無駄である。どこを、あるいはどの敵を取り除けばいいのかわからない限り、手の打ちようがない。

このままシオンだけでも撤退するか、それとも自らも玉砕覚悟で助けに行くか、二つに一つだろう……。

シオンは浮遊したまま、前方を睨《にら》んでいる。

☆

馬から下りて前線に出ていたフェルトナーは、新兵器の威力に息を呑《の》んでいた。まさか……あれだけ強大な力を振るった魔族共が、これほど脆《もろ》く崩れるとは。

「これが……バンダリー・オブ・ディスペアーの力か」

対魔族専用のこの新兵器は、あのフィールド内にいる敵が、魔法を使えなくしてしまう効果がある。

準備に多少の手間がいるが、それとて四角形の四隅に「ポッド」と呼ばれる銀色の機械を埋めておくだけだ。兵器としては手軽な部類に入るし、現にこうして急場にも準備が間に合った。星のコアと直接共鳴して魔力を得るのが魔族の特徴だが、バンダリー・オブ・ディスペアーは、そのコンタクトを強制的にカットしてしまうのだ。あのフィールド内にいる以上、人間であろうと魔族であろうと、魔法は使えない。

今や、急激に生じた薄青いフィールドを友軍が囲み、次から次へと矢を射かけている。百人少しいた魔族達は、外側にいた者から順番にハリネズミのように矢だらけになって倒れていく。

彼らは信じられないほどしぶとく、矢を叩き落とすなどして善戦してはいるが、それにも限界がある。特に、リーダー格らしい青い癖毛の女は、目を見張る奮闘ぶりで活路を開こうとしていたが、矢の雨をかいくぐるところまではいかない。それに、彼女自身にも既に何本かの矢が突き立っている。動きは徐々に鈍くなり始めていた。

フェルトナーは預かったLT兵器……手の中の自動拳銃《けんじゅう》を見つめた。

これの威力は、前に見て知っている。

知っているだけに、ためらわれる。こんな物を使わずとも、もう勝負は見えているのではないか？　そもそも、これでは単なる虐殺ではないか。せめて、降伏勧告くらいはするべきだろう。

すると、そのためらいを見破ったかのように、横から口を出した者がいる。

「どうした、フェルトナー。せっかくの武器なのに、どうして使わん」

第三軍のソーン少将だった。

針金のようにやせた中年男だが、いつも小狡《こずる》く立ち回るので、フェルトナーは大嫌いなのだ。今もわざわざ持ち場を離れ、こんな前まで出てきている。

掌《てのひら》で銃を弄《もてあそ》んだまま、フェルトナーはぶっきらぼうに言い返した。

「……もう勝負はついている。それより、降伏勧告をするべきだ」

「それは命令に反するぞ、フェルトナー」

ソーンの顔が陰険な笑みに彩《いろど》られた。

「軍紀違反では——」

「やかましいっ」

フェルトナーはいきなり爆発した。

「普段は安全圏で縮こまっているヤツが、危険がないと見ると、のこのこ出しゃばりやがって！　さっきまでのように、黙って後ろで震えていたらどうだっ」

フェルトナーとソーンの周りが静まりかえった。副官のナタリーを初め、皆がそっとフェルトナーとソーンを見比べている。

もちろん、体面を傷つけられたと思ったソーンは、顔を真っ赤にした。

言い返そうとしているようだが、なかなか言葉にならない。

「きさ、貴様っ……俺が臆病者《おくびょう》だとそしるかっ。貸してみろっ」

普段に似合わぬ素早さを発揮し、ソーンはフェルトナーの手から銃を奪った。油断していて、慌てて手を閉じる暇もなかった。

「あ、おい待てっ。それは俺が預かった武器だぞっ」

「うるさいっ」

ソーンとて、LT兵器の初歩である銃くらいは知っており、走りながら安全装置を外した。

そして、大気が青く染め上げられたフィールドのぎりぎり端まで寄ると、特に奮闘中の青い髪の女戦士に狙いを定めた。

「よせっ」

後を追おうとしたフェルトナーの肩を、誰かが掴んだ。

「好きにさせるといい」

フェルトナーは思わず唇を噛む。

もはや振り向かずとも相手はわかっている。

くそっ、今日はとことんついてないっ。上官までしゃしゃり出てきやがるし！

ソーンは安全を約束するフィールドの間近に迫ると、リーダーらしき女に向けていきなり引き金を引いた。

ドンッ

屋外のせいか、訓練時より多少は抑えめの音がしたが、それでも銃声はぎょっとするほど大きかった。弓矢隊が、驚いて攻撃を休めたほどだ。

……そして、銃弾を受けた魔族女は、もんどり打って倒れた。しかし、すぐに身を起こしてキッとソーンを見た。

弾着して右胸から派手に出血しているのに、驚くべき体力である。

「フューリーっ」

そいつの後ろで仲間が叫び、女の名前が知れた。しかし、フューリーとやらは手を振って仲間を止めた。

「来るなっ。犠牲が増えるだけよ！」

「はは……ははっ。しゅ、殊勝じゃないか、女っ。しかしフェルトナーと違って、俺は敵に容赦などせん！」

ＬＴ兵器の自動拳銃を、連続発砲する。

既に動きが鈍っていた女の身体に、面白いように命中した。肩、胸、左足……それぞれに銃弾を受け、その度にフューリーの身体が揺れる。起き上がりかけていたのに、また横倒しになってしまう。

痙攣《けいれん》し始めているし、顔からは血の気が失《う》せていく。

「ははは。凄い、これは凄いっ。ここまで絶大な威力とは……LT兵器さえ量産すれば、連
合は決して負けん！」

最後に、ソーンは女の額に向けて、慎重に銃の狙いを定めた。

「これでぇ、とどめ――」

「ソーン少将おっ」

急に誰かの喚き声がして、ソーンは思いっきり体当たりされた。

「わっ、なんだ！」

倒れたまま、慌てて前を見る。……今まで自分が立っていた位置に、大剣を大地に食い込ま
せて、青いドレス姿の少女が立っていた。

気付かないままあそこに立っていたら、頭からあの剣で割られていただろう。いや、そもそ
もソーンを横から突き飛ばした部下が、既に動かなくなっている。どうやら、背中をアレが掠《かす》
めていたらしい。

「て、敵かあっ」

ソーンの上に乗ったまま、目は虚空《こくう》を見つめていた。

「し、シオン……様」

フィールド内の女が弱々しく叫ぶ。

少女は味方を一瞥《いちべつ》しただけで、すぐにソーンの方へ向き直った。

「……おまえには報いを」

手を上げて、確かに何かをしようとした。

なんだかわからないが、どうせ何かの魔法攻撃だろう。そしてここはフィールド外である。それを自覚した途端、ソーンは悲鳴を上げた。

助けろ、誰か俺を助けてくれ！

最初に庇《かば》ってくれた味方の死体を無情にも押しのけ、ソーンはなんとか少女に銃を向けようとする。到底、間に合いそうになかった。だが、意外にも他から銃声が聞こえた。

ドンドンドンドンッ

連続で発砲音がして、シオンと呼ばれた少女が仰《の》け反って倒れる。

見れば、彼女の背後から少尉の階級章を付けた男が、歩み寄ってくるところだった。肩口の部隊証は、ＬＴ部隊を表すドクロの紋章があった。

「魔族め、銃を持つ者が一人だけだとでも思ったか！　死ね死ね死ねっ」

自動拳銃を連続発射し、シオンに反撃の隙を与えない。さすがに扱い慣れていて、ソーンのように遊んだりもしない。無駄弾など一発も撃たなかった。胸や頭など、全てが急所に命中している。

しかし……にも関《かか》わらず、シオンは起き上がった。銃弾の雨の中、ゆらりと。被弾した部分は驚異的な速さで回復していき、当たるそばから傷口が塞《ふさ》がっていく。幾ら何でも有り得ないと思うが、頭部の被弾すらそうなのだ。

そのうち、士官が持つ銃が弾切れとなってしまった。

「そ、そんな馬鹿なことが――」

「死ぬがいい、人間っ」

彼は最後まで話すことができなかった。躍り込んできたシオンの大剣が、豪快な横殴りの斬《ざん》撃《げき》で、彼を輪切りにしてしまったからだ。そのまま、彼女はこっそり逃げようとしていたソーンの方へ走ってきた。

「うわあっ、く、来るな！」

ソーンは恐怖心から喚いたが、しかし彼は今回、とことんついていた。それまで息を呑んで傍観していた兵士達が、一斉にシオンに斬り掛かったのだ。

しかも、一番に走ってきた若い兵士の一人は、何と小柄なシオンに真横から抱き付き、そのままましゃにむにフィールドの方へ走り込んでいく。

この際、それが一番有効な戦法だと悟ったらしい。

「邪魔よっ」

シオンが何をしたのか、それはソーンには見えなかった。しかし、何らかの攻撃をしたのは間違いない。勇敢な兵士は、途中で足をもつれさせて倒れたからだ。遠目に見ても、目を見開いたまま死んでいると知れた。

ただし、彼は全くの無駄死にだったわけではない。

とにかく、青いフィールド内に駆け込んだ後に倒れたからだ。

「――っ！」

シオンは死体ごと跳ね起き、再び外に出ようとしたが、今度はソーンの方が早かった。

「ははは。俺を殺す気だったのか、おい！　残念だったな。死ぬのは貴様だ!!」

復讐《ふくしゅう》の高揚感に包まれ、ソーンはフィールド内の少女に向け、撃って撃って撃ちまくった。

今度は味方も冷静さを取り戻しており、ソーンに加えて弓矢部隊の援護もある。それこそ、弓と矢の二重の攻撃を受け、たちまちシオンは血まみれになってしまった。

しかも、今回はさすがの少女魔族も、回復よりダメージが広がる方が早い。ソーンの銃弾を受け、矢を受け、赤い瞳の片方が潰れ、胴体はドレスが真紅に染まるほど出血している。

やがて、さすがの少女も力尽きたように両膝《りょうひざ》をついた。

「ははは、今度こそはとどめを」

「調子に乗るな、馬鹿っ」

後ろから、フェルトナーが腕を掴んだ。

「何をするっ」

甲高い抗議の声に、フェルトナーは上空を指差した。

「アレを見ろっ。のんびり遊んでる場合じゃないんだよっ」

「な、なんだと」

釣られて空を見上げたソーンは、そのまま口を半開きにした。

巨大なスカイシップが、急速にこちらへ下降してくるところだった。

Chapter 6

宿敵との再会

「シオン……様っ」

膝《ひざ》をついたシオンの元へ、フューリーが這《は》い寄ってくる。しかし、気遣う彼女自身に、既に死相が見えていた。魔力が枯渇している以上、傷を回復できないからだ。

他《ほか》の仲間も、大なり小なり、彼女と同じ有様だった。もはや立っている者は少なく、ほぼ全員が大地に倒れている。

その点、魔力を絶たれても、自己回復能力のあるシオンの方がマシだった。とはいえ、受けたダメージが大きすぎる。このままここから出られないと、いかにシオンといえどもすぐには動けない。

「来なくて……いい……フューリー。シオンはまだ保《も》つもの」

「あたし……私は……」

「気にしなくていいわ」

シオンはあえてねぎらってやった。

「シオン達は役目を果たしたのよ……ほら……我が君が来てくださった……わ」

その言葉を最後に、シオンはついに仰向けに倒れてしまう。胸から足にかけて、数え切れないほどの矢が刺さっていた。もちろん、銃弾の傷も。

シオンの顔に、ゆっくりと満足そうな笑みが広がっていく。

彼女が見上げる斜め頭上を、見覚えのあるスカイシップが、超低空で通り過ぎていった。

ただ、援軍はそれだけではなかった。

シオン達が越えてきたフィーユ山の小道から、喊声《かんせい》が聞こえた。そして、金属の擦《こす》れる音

や、数多くの馬蹄《ばてい》の音も。

シオンの淡い笑みはすぐに消えてしまった。

「エトワール、馬鹿《ばか》なことを。寡兵《かへい》の帝国軍が突出したら、シオン達が犠牲になっている意味がなくなる……わ」

☆

ニケ達を乗せたロランは、上空から戦場を見た時、何が起こったのかとっさにはわからなかった。しかし、一望して魔族仲間が壊滅に近い打撃を受けているのは見て取れた。それと……まずいことに、帝国軍がフィーユ山の谷間を抜けて突撃を仕掛けようとしている。相手は二十万の帝国軍なのに。

それらの状況を俯瞰《ふかん》した途端、ロランは瞬時に決断した。戦場にあっては迅速な判断がものをいうが、ロランの決断はまさに刹那《せつな》の間である。

「ニケっ」

円形の舵輪《だりん》を握りしめたまま、ロランは叱声《しっせい》を放つ。

たとえ、五名のうち三名しかここにいないとしても、アポストル・ファイブを投入しない手はない。

「はっ」

そばに控えていたニケは、別人のように恭《うやうや》しい声を出す。

既にマジックスーツ姿であり、胸元には紫蘭のマークがある。

ロランは戦場を遠望し、

「あの四角いフィールドは、おそらく連合の新兵器と見た。この際、どんな効果があるかはどうでもいいっ。手段を選ばず、ぶっ壊して仲間を解放してこい!! ただしっ」

ロランは初めて横を向く。

命令を待つニケに、忠告した。

「攻撃は離れた場所からだ。どうも、あの中に入るとヤバそうだからな」

「御意。……先程の電信信号については？」

「……ふむ」

ロランは少し考えた。

先程の電信信号とは、ここへ来る少し前に、ロラン宛に差出人不明の電信信号を受け取っており、そのことだ。内容は簡潔で、「新兵器の弱点は四隅に埋め込まれたポッドにある」とあった。なにがなんだかその時点では謎《なぞ》だったが、いま上空から見るとわかる気がする。新兵器とは、あの長方形の四角いフィールドのことではないのか。

「そうだな、別に間違いでもなんでもいい。まずは試してみろっ。情報が正確なら、それに越したことはない」

「御意っ」

ニケは怒りに燃える目で低頭すると、言葉通り、すぐに操縦室を出てキャビンの方へ去った。そのままドアを開けて甲板に出ていく。次にロランはレナを見た。

彼女も弟と同じく、魔装具展開のマジックスーツ姿だった。この姉弟も標準の漆黒ではなく、純白だった。弟と違い、彼女は胸にわすれな草のマークがある。

無言のまま恭しく膝を折っているレナに、早口で命じる。

「おまえは連合の本隊に攻撃を仕掛けてくれ。できるだけ派手に、そして大げさに。ヤツらの恐怖心をとことん煽《あお》ってくれ」

「……御意にございます」

レナもまた、弟の後を追うように操縦室を出ていく。残ったユキは、あどけない顔でロランを見上げた。

「魔王様ぁ、ボクはどうしましょうか？」

声が物凄《ものすご》くか細い。

ロランはショートパンツにビスチェという、戦場をナメきった格好のユキを、じろじろと眺めた。どうでもいいが、胸がぺったんこでビスチェの意味が全然ない。シャツでも着てた方がなんぼかマシそうだった。

そもそもロランは、未《いま》だに「こいつ戦えるのか？」という危惧《きぐ》が抜けきれてない。——どころか、今この瞬間にも、疑いがどんどん増しつつある。

こいつホントに、アポストル・ファイブの一人なのか。名前だけの、単なる名誉職とかじゃないだろうな？

それでも一応、ロランは相手を傷つけないように言ってやった。

「ユキは、船倉に行って他の仲間に出撃を知らせてきてくれ。青いフィールドを無視して、決して近づくなと。知らせたその後は、俺《おれ》と一緒に出撃だ」

「はいっ」

「あ、待てっ」

ロランは背を向けたユキを呼び止めた。

「なんでしょう？」

「……味方だけじゃなく、『あいつら』も忘れるなよ。せっかく連れてきたんだからな」

「もちろん、わかってますよ」

嬉《うれ》しそうに答えると、ユキはとてとてと走り去った。

ロランはすぐに下界を睨《にら》む。

舵輪を放し、コンソールに歩み寄ると、降下レバーをぐっと押し倒す。途端にスカイシップの鼻先が地上を向き、急激に落下を開始した。

操縦席の床が斜めに傾《かし》ぎ、背後のキャビンでテーブルからカップが落ちて割れた。しかし、ロランは一顧だにしない。

なおも降下を続けると、戦場の音が耳に届くようになる。スカイシップは無謀な突撃を試みようとしている帝国軍を上空で追い越し、地上に巨大な影を落としつつ、青いフィールドに接近していく。

そのまま、敵軍が一番密集している辺りに向けて、身も蓋《ふた》もなく高度を下げていく……というよりも、これはもう、完全に墜落中だった。

「船一隻で流れが変わるなら、安いなっ」

ロランは唇の端を釣り上げる。

こちらを指差しつつ喚《わめ》く連合兵士の群れが、もうはっきりと見える。一人一人の表情まで判別できた。最初は驚きに彩《いろど》られ、それが次第に純粋な恐怖の色に変わっていく。さすがに彼らも、ロランが何をするつもりなのかわかったのだ。

「はっは！　傭兵《ようへい》時代に非情の人狼《じんろう》とも呼ばれた俺をナメるなよっ。大軍なら、なおのこと容赦せずにやってやらぁ!!」

自慢にならない独白と共に、ロランは哄笑《こうしょう》する。

笑っている最中に、ユキが戻ってきた。

「魔王様ぁ、みんな出撃しましたよ」

報告の後、喉《のど》を鳴らす。

「けど、どど、どうするんですか、これ！　墜落しますよっ」

大きな黒瞳《こくどう》をまん丸に開き、ユキはロランを見上げる。物凄く不安そうだった……内股《うちまた》だし。

「洞察力鋭いじゃないか！　それでいいんだよっ」

皮肉で返しつつ、ロランは身を翻《ひるがえ》す。

「ユキ、もちろんおまえも飛べるよな」

「は、はい……一応」

「なら、俺を連れて脱出だ。落下制御よりは確実だろうしな」

なぜかユキの声が元気を取り戻した。

「魔王様とですかっ。はいはい、喜んで！」

ロランはユキを従え、傾いた床を登るように、急いで甲板へ向かった。


ニケは、自分が外へ飛び出した直後、スカイシップが真《ま》っ直《す》ぐに地上に墜落していくのを見て、目を丸くした。

一瞬、何者かに撃墜されたのかっ、と勘違いしそうになったほどだ。しかし、魔族の視力をもってすれば、操縦室で哄笑しているロランの姿は確認できる。それでようやく、ロランがわざと敵部隊に特攻を仕掛けているのだと知れた。

ニケは浮遊しつつ、肩を震わせて笑った。

「あははははっ。これはこれは……貴重なＬＴ遺産であるスカイシップを、そんな用途で使うとはね。生まれ変わった我が君は、以前とはひと味違うっ。僕も、あのお方の期待に応《こた》えねばなるまい」

ニケは大きく息を吸い込み、斜め下方の青いフィールドを見下ろした。既に、若々しい姿からは笑顔が消え、好戦的に碧眼《へきがん》を輝かせている。

「第二時代の末期を除けば、アポストル・ファイブが戦場に投入された例はほとんどない。しかし今回は、我が君の思《おぼ》し召しで最初から戦いに参加できる。光栄なことだ！」

言下に、ニケの身体《からだ》が白く輝き始める。右手をぴたりと青いフィールドの隅へ向け、ニケは上唇を舐《な》めた。

その背後でスカイシップがついに連合軍の真ん中に墜落し、大爆発を起こしたが、ニケはもう見向きもしない。ひたすら魔力を集中していた。

「行くぞっ」

叱声と同時に、ニケの掌《てのひら》から眩《まばゆ》い閃光《せんこう》が発せられた。


連合の対魔族新兵器、バンダリー・オブ・ディスペアーの青いフィールド内で倒れていたシオンは、上空から真っ白に輝く閃光が降ってきたのを見た、確かに見た。

「……ニケ、来たのね」

天より飛来した閃光は、フィールドの四隅の一画に命中し、埃《ほこり》と土塊を跳ね上げる。狙《ねら》いを絞り、ピンポイントで成された攻撃は、奇跡的にも味方には被害を及ばさなかった。代わりに、同じくフィールド内で重傷を負って倒れていた連合の兵士達は、容赦なく閃光の余波を浴びて炭化してしまう。

もちろん、わざとだろう。

ニケは人間に遠慮するような戦士ではない。

同じ調子でもう一カ所の隅を攻撃した瞬間、薄青い光で満たされていた空間が消滅した。

途端に——シオンは自分の体内に、星のコアを介して膨大な魔力が流れ込むのを感じた。

かっと赤い瞳《ひとみ》を見開く。

ゆっくりと上半身を起こすうちに、たちまち驚異的な早さで銃痕《じゅうこん》が消えていき、傷が塞《ふさ》がっていく。シオンほどの回復力は望めないが、まだ息のあった多くの仲間も、呼吸が楽になり始めている。時間さえかければ、多くは助かるだろう。

フューリーもまた、睫《まつげ》を震わせて目を見開く。

「シ、シオン様」

「もう大丈夫、我が君が来てくださった」

シオンは微笑《ほほえ》んで頷《うなず》く。

周囲を囲んでいた連合の弓兵は、シオンが復活したのを見て、わっとばかりに後退した。

「く、くそっ」

もう一度一斉に矢をつがえようとするのを、シオンは冷ややかに眺めた。

「……そんなおもちゃなど」

シオンが怒りに任せて周囲の敵兵を薙《な》ぎ倒そうとしたその時——

聞き覚えのある叱声がした。

「ダムネイションゲイル！」

その刹那、矢を射かけていた数十名以上の兵士が、無形の力に吹き飛ばされ、シオンの眼前から綺麗《きれい》に吹き飛ばされた。

ごおっという突風の音が通り過ぎていく。

疾風というより、むしろ衝撃波のごとき力で、ある者は大地に叩《たた》き付けられて全身の骨を折って即死し、ある者はそばにいた味方に折り重なるようにしてぶつかり、何が起こったかもわからないうちに全員が死んでいった。直撃を避けられた者も、余波を食《く》らって大地に叩き付けられた時点で、不幸な仲間と同じ運命を辿《たど》った。

さらに二度三度と同じ衝撃波がシオン達の周囲を襲い、すぐに辺りはぽっかりと空白になってしまった。

シオンが見上げると、予想通り、上空に金髪を靡《なび》かせたレナがいた。彼女はシオンと視線が合うと、軽く低頭してすぐに飛び去ってしまう。相変わらず、愛想《あいそ》の方は皆無だった。

「光と風の姉弟が加わったとなると、もはやこの戦いの趨勢《すうせい》は見えたわね」

シオンは傍《かたわ》らのフューリーを見やる。

「無事な者で助け合い、怪我《けが》の深い仲間の治癒を」

「わかりました……あの、シオン様は？」

「シオンも戦線に加わる」

言葉通り、シオンは大剣を片手に早速、駆け出した。

☆

ユキと共に船を脱出したロランは、その時にはちょっとしたピンチに陥っていた。ロランの目論見《もくろみ》としては、スカイシップが墜落爆発して混乱している隙《すき》に、小道から突出してきた後ろの帝国軍本隊と合流するつもりだったのだ。

しかし、途中でだしぬけに地上から火の玉が飛んできて、ユキにまともに命中した。攻撃魔法だと気付いた時には、仲良く墜落する最中である。

とはいえ、ユキはとっさにマジックシールドを張ってくれたので、二人とも怪我もなく無事に降りることは降りられた。その代わり、謎の集団がそこへ一斉に襲い掛かってきた。

連合兵士には間違いないだろうが、軍服の色だけが違う。なぜか真っ黒なのだ。

おまけに、接近するや否《いな》や、全員がインストラクション・コードを唱えて魔法攻撃を仕掛けてくるではないか。

たちまちにして、ユキのシールドに雷光や炎の固まりなどがぶち当たる。

「わっ」

「きゃっ」

二人して驚きの声を洩《も》らした。

クラウベンは優秀な魔法使いを多く輩出しているが、別に連合に魔法使いが皆無というわけではない。それくらいはロランも知っている。それにしても、五十名程度いる部隊の全《すべ》てが魔法使いというのは、さすがに驚いたのだ。

しかも、無言でロラン達を半円形に囲んだのも不気味である。

「なんだなんだっ、連合はいつの間に魔法使い部隊なんか実戦に投入したんだ」

ロランは慌ててコードの詠唱《えいしょう》に入った。

ぐずぐずしていると、他の敵兵まで集まってきて、袋叩きにされる。

「ダークネス・ウェイブっ……て、おいっ」

ロランは目を剥《む》く。

複数の敵が協同でマジックシールドを張り、攻撃を弾《はじ》いてしまったのだ。

恐ろしく訓練された動きで、明らかに対魔法戦を意識していた。

「それは汚いっ。こっは二人だってのに」

しばらくすれば、後方から突撃してくる帝国軍が通るだろうが、それまでにやられてしまいそうだった。

ところが意外にも、防御に専念していたユキが、ロランに進言した。

「あのぉ……人数なら、増やせますけど」

「……誰《だれ》か呼ぶのか。でもあの姉弟は駄目だぞ。二人とも重要な役割が」

「いえいえ、誰も呼ばなくて大丈夫です。ボク、自前で増やせますから」

「自前でって」

疑問を呈する途中で、いきなりユキの身体がブレた。ブレた身体は不自然にボヤけ始め、ついには二人のユキに分かれてしまう。ロランが目を瞬《しばたた》く間もなく、同じ要領でユキがどんどん増殖を始める。

さすがに、黒い軍服の敵兵達もどよめいていた。

「なんだっ」

「あれもあの男の魔法かっ」

「馬鹿な！　そんな情報は聞いてないぞっ」

……それはロランも同様である。

みるみるうちに五十名ほどに増えて、やっと増殖が止まった。それぞれが片手を上げ、一振りの刀を虚空《こくう》から抜き出す。動きが統制されているわけではなく、動作や仕草は、完全に独立していた。

余りのことにロランが棒立ちで口を開けていると、最初からいたユキが微笑んで見上げた。

「ボク、魔王様――じゃなくてロラン様のためにがんばってきますね」

言うなり、今話したユキを含め、五十人のユキがその場から消えた。風切り音が後からしなければ、本当に消えたかと勘違いしただろう。

だが違った、彼女達は凄《すさ》まじいスピードで敵部隊に襲い掛かっていったのだ。

かつてロランが見た、どんな敵よりも足が速い。

「――っ！　げふっ」

不幸な敵兵の誰かが真っ先に頭を割られたのを皮切りに、不意を突かれた敵魔法使い部隊は見る見るその数を減らしていった。

襲い掛かったユキ達は、全員がとんでもない剣の達人だったのだ。

「魔法の援護を――うわあっ」

「無理だ、こ、こんな近距離で」

目を覆わんばかりに逃げ惑う敵兵を、刀を手にしたユキが疾風のごとく駆け抜けていく。

開いた口が塞がらないとはこのことだろう。

たちまちにして部隊を全滅させると、ユキはすぐにまた一人に戻った。

「ロラン様、全員、倒しました！」

声をかけられ、ロランはやっと我に返った。

「あ、ああ……しかしおまえ、凄いな」

「え……それほどでも」

もじもじするユキは、しかしロランの背後を見て、可愛《かわい》い顔が強張《こわば》った。振り向かなくても、馬蹄と歩兵の軍靴が立てる騒々しい音でわかる。帝国の味方が追いついたのだろう。

「人間はやっぱり苦手か」

「……はい」

「そうか」

ロランはため息をついたが、すぐにユキに微笑みかけた。

「いいよ。おまえはここから別行動を取れ。シオン達に協力して、敵を少しでも減らすんだ」

「……ロラン様は？」

「俺は俺で戦う。心配は無用だ……それに、心強い味方も着いたしな」

ロランは破顔して、遥《はる》か前方を指差した。そこには、同じくスカイシップを脱出していた魔族の増援と……それに、魔族達がアンダーワールドに秘蔵していたＬＴ兵器の群れもいる。

……彼らが不死部隊《インモータルフォース》と呼んでいた、生体兵器だ。第一時代末期にエグザイル達が開発し、押し寄せる反乱者達を数多く葬ったという。

見かけは、白銀の長髪をして、純白のバトルスーツを着込んだ少女戦士である。それが、都合百名ほど揃《そろ》っている……ように見える。しかしあれらは全て、太古の科学文明が残した人工生命体なのだ。

普通の武器では倒すのも難しい上に、ひたすら敵を求めて殺戮《さつりく》を続ける、禁断のＬＴ兵器である。

「なっ。俺は大丈夫だ。ユキも仲間と一緒に戦ってきていいぞ」

ユキは少しの間迷いを見せたが、接近してくる帝国軍の方へ目をやり、決断した。最後にロランに軽く抱き付き、そのままつむじ風のごとく走り去った。

☆

同じ頃《ころ》、エトワールはフィーユ山を隔てた反対側に待機していた。

頑固もののヨハン少将は、斥候の報告を聞いて自分は部下を連れて突撃に出た癖に、エトワールは頑として同行させようとはしなかったのだ。

お陰で護衛の任についた十数名の騎士と共に、一人だけ留守番である。しかもヨハンの本隊が去ってから、続けざまに色んなことが起こった。まずは、超低空飛行で見覚えのあるスカイシップが上空を通過していった。

「ロランが帰ってきたんだっ」とエトワールにはすぐにわかった。それは望外の喜びだったが、フィーユ山の向こうにスカイシップが見えなくなった直後、地響きの後、壮絶な爆発音が聞こえた。

さらにその後、山の向こうで幾つもの閃光が弾けるのも。閃光はニケの攻撃のせいなのだが、エトワールにはそこまでわからない。

胸が苦しくなり、馬上のエトワールは大きく息を吸い込んだ。

何がどうなったのかさっぱりわからなかったが、これだけは確かだろう。ロランのスカイシップは墜落した！

そして、エトワールの常識から考えると、普通スカイシップが墜落するというのは、落とされた時以外に有り得ない。まさか、ディスペアーでやったように、ロランが自分で敵の大軍に「突っ込んだ」のだとは、夢にも思わなかった。

「大変！　ロランのスカイシップが墜落したわっ」

腹立たしいことに、護衛の騎士共は互いに顔を見合わせただけだった。

「……爆発音だけでは、まだそこまでは」

「じゃあ、何が爆発したのよっ」

誰も答えない。

それはそうだろう、エンジンの爆発以外に答えなどないのだから。皆、立派なプレートアーマーを着込んだ騎士達だが、エトワールはむらむらと反感が湧《わ》き起こった。

この人達、ロランがどうなろうとどうでもいいんだっ。だからみんな、そんな無関心なのよっ。エトワールは密《ひそ》かに唇を噛《か》む。

このまま「行かせてくれ」と頼んでも、どうせ止められるに決まっている。ならばこの際、強硬手段を取るべきではないのか。だって、今この瞬間にも、ロランは私の助けを必要としているかもしれないものっ。

決断するとエトワールは早かった。

幸か不幸か、護衛の騎士達に魔法を使える者はいないし、自分を止められるとは思えなかった。早速、あきらめて俯《うつむ》いた振りをして、インストラクション・コードを詠唱する。もちろん、怪我させる気などないので、深い眠りに誘うコーマを使った。

そして、彼らの上体が不安定に揺れ出した途端、エトワールはいきなり馬を走らせた。

「くっ……で、殿下っ。まさか魔法を」

既にコーマに侵された騎士達は、呻《うめ》き声を上げるのがせいぜいだった。すぐに皆、落馬して倒れてしまう。もっとも、重い鎧《よろい》を着込んだ彼らは、どのみち追いかけたところで、軽装のエトワールに追いつけはしなかっただろう。

心配のあまり、エトワールは後ろを振り向きもしなかった。ただひたすら、ロランの元へ馬を急がせている。

台地と山に挟まれた狭い小道が、ぐんぐん迫ってきた。ヨハンならここで用心深く馬足を緩めただろうが、今のエトワールにそんな分別はない。

「待っててロラン！　今いくからねっ」

そのまま、何も考えずに影が差した小道に飛び込んでいく。……もちろん、その奥から敵が忍び寄りつつあることも、彼女はまるで知らなかった。

☆

ロランは追いついたヨハン達と共に、奮戦している。

最初、エトワールが随行していると聞いて泡を食ったが、小道の向こうで待機していると聞き、一応は安心した。

さすがにこんな混戦の場に出てこられては困る。光と風の姉弟はもちろん、不死部隊と魔族の増援もあり、戦の流れは完全に変わり始めている。だが、それでも連合軍は頑強に抵抗していた。どんな指揮官か知らないが、多少の犠牲など厭《いと》わないつもりらしい。

魔族の魔法攻撃にやられてもやられても、次々に予備兵力を投入して戦線を維持している。自殺願望でもあるのかもしれない。

ロランもまた、夢中だった。

ヨハンとは出会った当初に少し声をかけ合っただけで、すぐに離れている。ここまで来たら手柄を横取りするつもりはないし、指揮などというしちめんどくさい真似《まね》もご免だった。よってロランは味方の歩兵部隊に混じり、愛用の刀を手に、敵を斬《き》って斬って斬りまくっていた。

連合兵士の一部は魔族達を大きく迂回《うかい》し、帝国軍本隊に攻撃を仕掛けようとしている。姑息《こそく》にも、せめて同じ人間を相手にしよう、と思ったわけだ。

しかしその彼らも、これまで連合に散々やられた、帝国軍の復讐《ふくしゅう》心までは計算に入れてなかった。ロランを先頭に突進してくる歩兵達の凄まじい形相に、彼らは青ざめ、次に戦意を吹き飛ばされた。大軍故にすぐには撤退もままならず、腰が引けたまま帝国軍と激突し、以後は総崩れの有様である。

ロラン自身、何人倒したかは覚えていない。

ただ、ふと気付くと自分の周りが妙に空白になっているのに気付いた。

「……おいおい、総力戦なのに逃げてんじゃねーよ」

高揚感は一向に冷めず、ロランの士気は未だに沸点に近い。すぐさままだ大勢の敵が群がる方へ走ろうとした――が。

そこでロランはふいに足を止めた。

☆

第二方面軍の指揮官フェルトナーは、戦況の変化にたじろいでいた。

バンダリー・オブ・ディスペアーが破壊されたのは、まあ仕方ない。しかし、破壊した当の本人である魔族（あんな真似ができるのは魔族に決まってる！）と、さらにスカイシップから飛来した魔族の増援が、容赦ない魔法攻撃を繰り出し、戦況は秒単位で悪化していた。今や、戦線を維持するだけで精一杯である。

しかし、撤退命令は出ていない……出ていない以上、崩れかけた自軍をなんとか立て直し、維持する他はない。そのうち、彼もあきらめるだろう。

ところが、そうも言ってられなくなった。

墜落したスカイシップに乗っていた魔族の中に、妙な部隊がいたのだ。

全身を覆うバトルスーツは純白に青い模様が入っており、全員が同じ格好である。白銀の長髪とオレンジ色の目をした少女なのだが、これまた全員が同じ顔なのだ。

彼女達はそれぞれ、長大な刀を引っさげ、連合軍の密集した場所ばかりを選んで突撃してくる。しかも、こちらの反撃が全く効かない。

矢は皮膚を通らず、剣で斬りつけてもさしたる怪我も負わない……彼女達は明らかに人外らしい。かといって、魔族にも見えないのが不気味なところだ。感情そのものをどこかに置き忘れたように見えるが、それは魔族にも見られない特性だった。

加えて、たまに怪我をしても傷口がすぐに塞がる上に、痛そうな素振りも見せない。どれほど攻撃を受けようと、喜怒哀楽の兆候はまるでない。ただひたすら暴れまくり、死体を量産していく。

余りに異様な報告が相次いで奇妙に思い、フェルトナーはナタリーを連れ、わざわざそいつらが暴れる前線間近にまで見に来たほどだ。

確かに、彼女達は異様だった。相手にする兵士の方が遥かに数で勝るのに、恐怖に怯えていて腰が引けている。

「なんなんだ……あの化け物共は。帝国か魔族の魔法生物かなんかか？」

ナタリーに訊《き》いたが、彼女も首を振った。

「いえ……あのような部隊、技術部で聞いたことが」

「こっちにも魔法使いの部隊がいただろっ。ヤツらはどうした！」

「そ、それも伝令を飛ばしてますが、未だに返事が」

言いかけ、ナタリーは青ざめて前を指差した。

「閣下、敵がっ」

フェルトナーは素早くそちらを見る。

あの白銀の髪の部隊は集団戦法で戦っているが、はぐれたヤツがいたらしい。一人、こちら

に突進してきた。途中を塞ぐ味方を大剣を左右に振り回して無造作に突破し、真っ直ぐにフェルトナーの方へ疾走してくる。

オレンジ色の目が、一瞬、光った気がした。

抑揚のない声が聞こえた。

「敵、指揮官を発見。連合軍少将と確認……ただちに殲滅《せんめつ》する」

「一騎打ちなどせず、囲んで倒せっ」

フェルトナーが命令したが、言われるまでもなく、近くにいた兵士が剣を振りかざして一斉に不気味な少女に飛びかかった。

途端に、彼女が持つ長大な刀が唸《うな》りを上げた。

無造作とも言える武器の扱いだが、大剣故に効果的だった。容赦なく邪魔な兵士を排除していく。

たちまち、少女の周りで悲鳴が満ちた。持った剣ごと手が斬り飛ばされ、悲鳴を上げる間もなく首が飛ぶ。噴き出す血のヴェールの向こうで、返り血を浴びた少女の無表情さが際立《きわだ》つ。

淡々と死体を量産していくような戦いぶりであり、しかもこいつは、疲れを知らないように見えた。一向に顔色が変わらないし、動きも衰えないのだ。

「くそったれが！」

「駄目ですっ、閣下！」

ナタリーの声を背中に、フェルトナーは馬を下りて駆け出す。

白銀の髪をした少女は、さっとこちらを見た。手が、刀を持ち上げようと動く。

しかし、ちょうど決死の覚悟で背中から斬りつけた味方がいて、お陰で一瞬、動きが鈍った。フェルトナーはその隙に乗じて、彼女の眼前に躍り込む。

「一人で俺を殺そうってのかよっ」

渾身《こんしん》の力で長剣を横薙ぎにする。

狙いは少女の首である。しかし……両断することは叶《かな》わなかった。フェルトナーの渾身の一撃は、ほとんど少女の首に食い込まない。生身にしては、手応えが恐ろしく固いのだ。

おまけに、彼女の手が平然と持ち上がりそうになり、フェルトナーは驚いて足で蹴飛《けと》ばした。さすがの戦士も、胸を蹴られて仰向けに倒れてしまう。その間にわっとばかりに味方が駆け付け、倒れる彼女に次々に剣を振るった。

「おまえ達、そいつの首を」

――集中的に攻撃しろっ、とフェルトナーが叫ぶ前に。

遠くから誰かの叱声が届いた。

「もういいっ。無茶はやめて撤退しろ！」

「なんだっ」

フェルトナーは声の方を見る。

軍服ではなく、私服姿の男が一人で立っていた。そいつはフェルトナーなど無視して、部下が囲む少女を見つめている。

「撤退しろ、ベータ！　俺の命令だっ。聞こえるな！」

……信じがたいことに、奮戦中の少女が反応した。

部下の囲みを、特大の刀を振り回して突破し、背後に跳躍して大きく間合いを空けた。

まだ致命傷には遠かったらしい。


「声……声紋確認。マスターの命令受領……撤退します」


ぶつ切りの声でそう言うと、さらに大きくジャンプし、なんとなめらかに宙を滑空して、問題の男の元へ降り立つ。フェルトナーが新たな命令を下す暇もなかった。

少女戦士はすぐに男を連れ、どこかに飛び去ってしまった。

「あの男は一体……敵でしょうか」

後ろから来ていたナタリーが、不審の声を上げる。

「だろうな。だが、今はそんなことはどうでもいい」

フェルトナーはため息をつく。

部下の死体が散らばる大地をざっと眺め、赤毛をかきむしる。……ったく、この短時間になんて犠牲の数だ。

肩で息をするフェルトナーは、ナタリーにぼそりと告げた。

「……撤退命令を出せ」

「え、しかしまだ命令は」

「馬鹿っ。このまま戦いを続ければ、全滅するのは俺達の方だぞっ」

赤い髪を振り乱して怒鳴る。

「バンダリー・オブ・ディスペアーが破られた瞬間、この戦いは終わったんだ。司令官が認めなくても、俺はもうご免だっ。繰り返し命じる！　俺の第二軍だけでもいいっ。撤退命令を出すんだっ。ソーンにも使いを出してそうしろと告げろっ」

「は、はいっ」

ナタリーは弾かれたように動き、伝令の方へ走って行く。

しばらくして、戦場のそこかしこに、退き笛の音が哀しく響き渡った。少女を倒した部下達をねぎらいつつ、フェルトナーは天を仰ぐ。

……さて、ついにあからさまにあの方に楯突いちまったが。

こりゃ、俺もどっかに左遷かね。フェルトナーは胸元のポケット上にある金色の記章と、横一本の太い金線を眺める。

連合軍少将の印だが、別に捨てるに惜しいとは思わなかった。

連合軍の前線から少し遠ざかった位置で、ロランは「彼女」に降ろしてもらった。

ベータ……そう呼ばれる生体兵器は、見かけはほとんど生身の人間と変わらない。全身一体型の純白のバトルスーツを着ているところを除けば、ほとんど普通の少女に見える。

信じがたいことだが、それでも彼女達は遥か古代のLT兵器なのだ。

ざっとベータの状態を眺め、さしたる傷ではないと見極めると、ロランは頷いた。

「一応訊くが、この傷は治るのか？」

「自然治癒……します」

「ならいい。あんまり無茶はするな。俺は別に、おまえを使い捨てにする気はない」

そう申し渡してみたが、相手はあまり納得したように見えなかった。

不思議そうに小首を傾げ、ロランを眺めている。相手は人間ではないし、理解できているか怪しいものだった。

「あ～……わからなくてもいいから、とにかく無茶はするな。わかったら、もう行っていい」

「……了解」

「あ、待て」

すぐに飛び立とうとした彼女を、ロランは反射的に呼び止めてしまう。

埒《らち》もないことだと思いつつ、思わず訊いてしまった。

「おまえの名は……つか、名前じゃなくて番号だったな。シリアルナンバーはいくつだ？」

「製造番号、ナンバーサーティーン……です、マスター」

妙な区切り方の返事で、ベータが答える。

まだ首を傾げたままだった。おまえの命令は理解不能よ、と言わんばかりの顔である。

「わかった。ならサーティーン、仲間のところへ戻れ」

「仲間？」

「……同じベータ達のところという意味だ」

「了解」

サーティーンが飛び去った後も、ロランはしばらく彼女の姿を見送っていた。

やがて連合の退き笛の音がして、明らかに敵の大部隊に動揺が走った。狼狽《ろうばい》の声がそこかしこに沸き上がっている。

それもそのはずで、ほっとしたように戦場を離脱し始めたのは、敵の半数のみだった。消耗戦に嫌気が差した、まっとうな指揮官がいたらしい。連合軍の半ばはまだ踏み止まっているが、半数が欠けては、もはや勝敗の行く末は明らかだろう。

「こりゃ、俺の仕事も――」

言いかけ、ロランの声は尻《しり》すぼみに消えた。

フィーユ山とカロリン台地の方を見て、眉《まゆ》をひそめる。自分でもどうしてそんな方を見たのか、理解できなかった。しかし……ふと嫌な気がしたのは確かである。妙に背筋が冷えたというか。

「……エトワール？」

ロランはまた微《かす》かに独白した。

胸騒ぎが急速に膨らむ。これまで自分の勘を信じて後悔したことはない。これはエトワールの身に何かが起こった印かもしれない。

途端にロランは、きっぱりと身を翻した。いつしか焦燥感のみがある。戦いの高揚感も緊張感も、とうに吹っ飛んでいた。

しかし、ロランの足はすぐにまた止まった。

前方を塞ぐように、長身の男が立っていたからだ。

「……どこへ行くつもりだ、ロラン・フランベルジュ」

精悍《せいかん》な顔つきをした黒髪の男が、ロランを見ていた。黒革のズボンと裾《すそ》の長い上衣という平服で、ロランと同じく防具の類《たぐい》は一切身につけてない。

ただし、手には一振りの長剣があった。

その姿や声に、ロランは遥か昔の記憶を刺激された。

……十年近く前、城内の者に手引きされ、クラウベンの王宮に侵入してきたチームの一員である。エトワールの私室に近づこうとする彼と、ロランは死闘を演じ、辛うじて退けたのだ。

「レオン……貴様、生きてたのか」

「おまえを殺すまでは死なん。いや、魔族共を根絶やしにするまではなっ」

敵は早くも剣を構えている。

しかも、ロラン以上に灰色の目が好戦的に輝いていた。

「長い長い年月、俺はゴミ溜《た》めをうろつき回るような生活をしながら、魔族の行方を追っていた。しかしそれがどうだっ、今や俺の探し求めていたヤツらが、全てここにいるっ!」

レオンは今や、哄笑していた。

目をぎらつかせ、腹の底から。笑いやんだ時は、冷たい殺気を迸《ほとばし》らせていた。

「手始めはおまえだっ。借りを返すぞ、ロラン!」

やむなく、レオンに斬り掛かっていった。

「余計な時に出てきやがって！」

ある。もちろん、倒さない限りは行かせてくれないだろう。

ロランは腹の中で悪態をついた。レオンはかつてロランが苦戦した、数少ない戦士の一人で

——くそ、こんな時にっ。

「笑わせんなあっ」

☆

第三軍のソーン少将は、フェルトナーの退き笛を聞き、最初は顔を歪《ゆが》めた。自分だけ撤退命令が下されず、置き去りにされるのかと思ったからだ。

しかし、その直後にフェルトナーの伝令が来て、すぐに事実が明らかになった。

「逃げた……命令を無視して逃げただとっ⁉」

語尾が既に、震えている。

恐怖のためではなく、歓喜のためだ。気味悪そうに様子を窺《うかが》う副官が、おずおずと訊いた。

「閣下、我が軍も退きますか」

「貴様は、馬鹿かっ」

「……は」

「は、ではないっ。状況を考えろ。命令を無視して、そのような勝手が許されると思うか！」

馬上から叱《しか》り飛ばしはしたが、上機嫌な声は隠せない。

なにしろ、ライバルが勝手に潰《つぶ》れてくれたのだ。ソーンにとって、こんなに嬉しいことはなかった。

「とはいえ、味方の半数が裏切って勝手に退いたのは痛い。その旨《むね》を伝えて、新たな命令を仰げ。私はそれまで、後陣に退く」

「……ここも後陣ですが」

「もっと後陣という意味だ、愚か者。訳のわからん部隊が暴れているんだぞ。指揮官が自ら当たってどうする⁉」

遥かな前線の方をわざとらしく眺める副官を、ソーンはじろりと睨んだ。

幸い、部下は慌てて話を変えた。

「フェルトナー少将の使いにはなんと返事を」

「言うまでもない。『我が第三軍は命令を遵守し、本物の……いいか、ここが大事だぞ、本物の撤退命令があるまで戦線を維持するっ』と、そう告げろ」

——そして、あいつは戻ったら軍法会議だ。

ソーンは堪《こら》えきれなくなり、馬首を巡らせつつも腹の底から笑っていた。

☆

「どうしたロラン、動きが鈍いぞっ」

「くそっ」

横殴りに繰り出された長剣を、ロランはぎりぎりで飛び退《の》いて避《よ》けた。しかし、避けきれずに上着の胸を斬り裂かれてしまう。服だけで助かったというところだが、じつのところ、先程からロランはあちこちに軽傷を負っていた。

戦場の片隅で行われている決闘を、今のところは敵味方共に邪魔する者はいない。双方、それどころではないからだ。

レオンは、かつて王宮に忍び込んできた時より、明らかに動きがよくなっている。以前ですらひどく手こずったというのに、今回はさらに手強い。

「俺がおまえを買いかぶり過ぎたのか。それともこの十年、昼寝でもしてたのかっ」

叱声と共に、躍り込んできたレオンが剣を振るう。激しく斬り結びつつ、ロランは焦燥感に身悶《みもだ》えしそうだった。

「相手にしてる場合じゃないってのに！」

「おまえは、この先のことを心配する必要などないっ」

言い捨てたレオンは、ロランの刀を押し返すと同時に、瞬時に間合いを詰めて膝蹴りを叩き込もうとした。

仰《の》け反って避けたが、お陰でロランの態勢が大きく崩れた。すかさず、今度はレオンの身体が翻り、とんでもない勢いの回し蹴りが殺到してきた。

あっと思った時には、もう蹴り足が眼前にあった。

打点をズラすのが精一杯だった。

ロランは肩口に重い蹴りを受け、そのまま背中から大地に叩き付けられた。

「ぐふっ」

酸っぱいものが喉元をせり上がってきて、視界が微妙にぶれている。ヤバいっ、とロランの脳内で警報が発した。

ダメージのせいですぐには動けない。

そのまま転がって間合いを広げようとしたのは、ロランの本能の成せる業である。それでも間に合わず、直上からの斬撃《ざんげき》に、背中を裂かれた。

血まみれになったが、それでも懸命に立ち上がった。

「見られたザマじゃないな、ロラン・フランベルジュ」

腹立たしいことに、レオンはわざわざ、ロランが立つのを待ち、そんなことを吐《ぬ》かした。

「貴様は俺の同類かと思ったが、どうやらとんだ勘違いだったようだ。……魔族の血が流れているにしては、おまえは弱すぎる」

「うるせえぞっ、死に損ないが！」

ロランはかっと激し、お陰で一時的に痛みも苦しみも忘れてしまった。ロランの出自に言及したレオンに疑問を持つべきだったが、今のロランは怒りに我を忘れていた。

「まだ勝負も終わってないのに、デカい口を叩くなあっ」

ロランは怒声と共に疾走する。

しかし、レオンの方が遥かに速かった。風切り音と共に残像を背後に従えつつ、レオンが躍り込んでくる。横殴りの斬撃がロランを斬殺せんと迫ってきていた。

しかしロランはそれすらもほとんど意識していなかった。にもかかわらず、身体は自然に動いて大きく大地を蹴り、寸前で宙に跳んでいる。

「なにっ」

レオンの驚きの声を眼下に、ロランは半回転しつつ、渾身の剣撃を放つ。今度、地上に身を投げ出すのは、レオンの方だった。

先程のロランのように転がりつつも、レオンはしかし弾かれたように立ち上がった。

冷静そのものだった顔は、好戦的に笑っていた。

「はは……ははは。そうだ、やっと戦いらしくなってきたじゃないか！」

「ほざけっ」


「ロランさまっ」


シオンの叫び声に、再激突する途中だった二人の足が止まった。

見れば、いつ来たのか巨大なグレートソードを引っさげたシオンが立っていた。ただし……その視線はロランを経て、今はレオンに向けられている。

「おまえ……おまえは……」

常に落ち着いているシオンにしては、らしくもない驚愕《きょうがく》が滲《にじ》む声音だった。

薄赤い瞳を一杯に見開き、まじまじとレオンを見据えている。内心の動揺を示すのか、可憐《かれん》な唇が戦慄《わなな》いていた。

ただし、それはレオンも同様である。

今の今まで好戦的に目を輝かせていたレオンは、息を詰めるようにしてシオンを見つめていた。双方、ロランのこともこの戦場のことも、全て忘れたかのような態度である。

「なぜだ……なぜおまえがこんなところにいる……魔族が帝国とつるんでいるのも妙だが、まさかおまえまでがっ」

囁《ささや》くような独白に、シオンは答えなかった。

「おまえはあっ」

それどころか、瞬時に憤怒《ふんぬ》の表情になり、グレートソードを持ち上げた。


「死ぬがいぃいいいーーーーーーっ」


ドレス姿のシオンが、ロランの眼前から消えた。

ひゅん、と風切り音のみが耳を打ち、ロランは本能でさっと敵の方を見る。

予想通り、シオンは人間の限界を遥かに超えるスピードで、レオンに飛びかかっていた。剣と剣が激突し、耳をつんざく音がした。金臭い臭気が、ロランの方まで漂う。

驚いたことに、レオンは横殴りに殺到してきた巨大なグレートソードを、見事に受け止めていた。両者共、相手を睨み付けたまま、ギリギリと鍔迫《つばぜ》り合いを演じている。

「このっ、恥知らず!!」

シオンが叱声を浴びせる。

「よくぞ、シオンの前に現れたわっ」

「それはこちらのセリフだっ」

歯を剥き出してレオンが言い返す。押しまくるシオンに一歩も退《ひ》かず、あくまでも力で対抗している。

「あれほど探し求めた魔族だけでなく、貴様やロランまでもが俺の前に現れたっ。これでこそ、再び目覚めた甲斐《かい》があったというものだっ」

「それなら、今度こそ死ぬがいいっ」

言下に、シオンが有り余るパワーでレオンを押し戻し、支えきれなくなったレオンが長剣を跳ね上げられた体勢で後退する。

しかもシオンは再び、瞬く間にレオンの眼前に飛び込んでいた。今度はドレス姿が華麗に翻り、大振りの回し蹴りを放つ。

「ぬっ」

避けようとしたレオンの動きは間に合わず、彼は大砲に打ち出された弾のごとく吹っ飛んだ。地面に叩き付けられ、一瞬、動きが止まる。

その間、シオンはグレートソードを胸の前に真っ直ぐ構え、高らかに叫んだ。

「ブリューングスレイブ！」

途端、グレートソードの剣腹が見る見る青い輝きを放ち始める。どうやらアレは、見かけ通りの剣ではなかったようだ。

「ははは、お得意のライトニングモードか。いいぞ、来るがいい！」

跳ね起きたレオンが、挑発的に叫ぶ。既にダメージは見られない……こいつも、見かけを裏切るタフさだった。

「永遠に黙らせてやるわ!!」


「そこまでだっ」


ロランは両者の間に走り込む。

再び疾走を始めようとしたシオンを止めるのに、辛うじて間に合った。

シオンは目を瞬き、

「我が——いえ、ロランさま」

「もういい、シオン。ここは退けっ。これは俺の戦いだ！」

「しかし……」

シオンは憂い顔でロランを見た。

「その男は危険……です」

「それはわかってるが、こいつの相手は俺がするっ。おまえは、フィーユ山の向こうにいるはずの、エトワールを見てきてくれ。何か胸騒ぎがするんだ」

シオンはすぐには答えなかった。

まだ気遣うような顔でロランを見ている。心配されているらしい。

「大丈夫だっ。簡単に負ける俺じゃない！　そもそもこいつ一人に勝てないようで、どうして連合を倒せるっ」

「ロラン……さま」

「俺のことなら心配はない。すぐに終わらせて後を追う。おまえはエトワールを頼む。なっ」

必死の懇願が功を奏したのか、シオンはやっと深々とお辞儀をした。

「お言葉とあれば。では、シオンはエトワールを見てきますわ」

最後に、もう一度だけレオンを射竦《いすく》めるように睨んだ後、シオンはやっと空に舞い上がった。

とんでもない速度で飛び去っていく。

「さて、戦闘再開といくか」

レオンを振り返り、ロランは眉根を寄せた。

今度は飛び去ったシオンなど見向きもせず、ロランだけを見据えていたからだ。

「どういう……ことだ」

レオンの声は奇妙に掠《かす》れていた。

棒立ちのまま、剣を構え直すでもない。なにか、ショックを受けた様子である。

灰色の瞳に、ありありと不審の色が浮かんでいた。

「……有り得ないことだ……なぜ、シオンがおまえに従う？」

「ああっ。なんだ、おまえもシオンの知り合いか」

「質問に答えろっ」

レオンが似合わぬ怒声を上げた。

「シオンは、魔王を除けば魔族のトップも同然だぞっ。軽々しく他人の命令で動くはずはない！　そんなはずはないんだっ」

レオンはロランに掴《つか》みかからんばかりだった。

「おまえ……おまえは、単なる魔族の転生じゃないのか、ロランっ」

「やたらと魔族の内情に詳しそうじゃないか」

ロランは凄惨《せいさん》な笑みを浮かべて返す。

「しかし、答える義理はないなぁ。ご託はいいから剣を構えたらどうだ、ああ⁉」

「そうか」

レオンの声が凄みを帯びる。

「ならば、血まみれのおまえにもう一度訊いてやるっ」

「やってみろやあっ」

双方、地を蹴って駆け出す。

レオンの動きはこれまでで最も速かった。それに勝負を決めるつもりなのだろう、流星のごとき勢いでロランに突っ込んできた。

しかしロラン自身は相変わらず、自分の動きをほとんど意識していない。ほぼ無意識のままに激突直前に身体を横に捌《さば》き、かつ斬撃を繰り出している。

ほんの一瞬のことだが、ロランの耳から全ての音が消え、しかも本能のみが身体を支配している。——手応えはあった、確かにあった。

レオンの脇腹を刀で存分に抉《えぐ》っている。

両者は互いにすれ違い、ロランのみが振り向く。いや……レオンもゆっくりと振り向いた。

噴き出す血を顧みようともせず。

「き……貴様……幾ら魔族の血とはいえ、あんな動きを」

そこでロランを見て、目を見開く。

「馬鹿な……目が赤い……だと⁉」

「なに、なんだよ、目がどうした？」

ロランの質問を、レオンは大声で遮った。


「――！　避けるんだっ」


レオンの視線が自分の背後に向けられているのを見て、ロランは横っ飛びに逃れようとした。しかし、銃声の方が先だった。銃声が連続で響き、ロランは俯せに倒れていた。背中から血が噴き出すのを、他人事《ひとごと》のように意識する。

「く、くそっ」

急速に自由が利《き》かなくなっていく身体を叱咤《しった》し、ロランは倒れたまま首を巡らせる。

霞《かす》んでいく視界の中に、銃を構えた男を見つけた。

「おまえ……は、アメンティ」

普通の兵士を装ってはいるが、その顔には確かに見覚えがあった。

間違いない。商業都市連合の総帥、アメンティである。

彼は……微かに笑みを浮かべ、こちらを見ている。

それを最後に、ロランの目は閉ざされていた。やや間を置き、どこか遠くで二度目の笛が鳴ったような気がしたが、その頃にはロランの意識は途絶えていた。

終章　戦い、未だ終わらず

ロランが目覚めた時、既にその身は戦場になく、自室のベッドに寝ていた。

ベッドの横にはシオンが座っており、心配そうに見下ろしていた。

ロランが目を開いた途端、恭《うやうや》しく低頭する。

「……ご報告致します。魔族の増援とクラウベン帝国軍の攻勢により、連合軍は全面撤退しました。途中で、指揮官の一人が撤退を決めたという情報もありますが、まだ詳細は不明です」

ややあって、悔しそうに告げる。

「レオンは瀕死《ひんし》の重傷を負ったまま、連合軍が連れて逃げたそうです……後から入った情報ですが」

「アメンティ……が、来ていた」

ロランは夢現《ゆめうつつ》のまま、ぼそりとしゃべる。

シオンの話は全部耳に届いていたが、まだ頭がぼおっと霞《かす》んでいた。ここが自室だというのも、まだはっきりわからないでいる。

シオンはまた頷《うなず》く。

「捕虜の証言によると、連合総帥は確かにあの戦場に来てましたわ。どうやら、忌《い》まわしき対魔族用の新兵器を届ける際、一緒に合流していたらしく」

「そうか……あそこから運ばれたのか、俺《おれ》は」

ようやく頭がはっきりしてきたロランは、ベッドの上に身を起こそうとした……が、まだ身《から》体《だ》に力が入らず、枕《まくら》に頭を戻してしまう。ひどく体力を消耗していた。

「ご無理をなさいませんよう」

シオンが囁《ささや》く。

「自然治癒能力を加速させ、傷は全快してますが、反動が出てますわ」

「エトワール……はどうした？」

頭を振りつつ、ロランは尋ねる。

……返事が無かった。

嫌な予感が兆《きざ》し、ロランはシオンを見つめる。急《せ》かすのもためらいがあり、ただじっと彼女の返事を待った。

「エトワールは」

シオンがやっと口を開く。しかし、その口調はひどく重かった。

頼む……頼むから——。

ロランの願いは空しく、シオンは続けた。

「シオンが帝国の本陣に向かった時、眠らされた帝国騎士達のみが倒れてました。後で聞いた話では、彼らはエトワールに眠らされたと。その後のエトワールの足取りは……不明です」

「不明⁉　不明ってのはどういうことだっ」

「……どこにもいないのです、ロランさま。あの混乱の中で敵軍に見つかり、そのまま連れ去られた可能性がありますす」

しばらくロランは何も言わなかった。

ただぐるぐると考え続けている。

嫌な予感がした時、レオンを振り切って見に行ってれば……あるいは、戦場に着いた最初の段階で、あいつの様子を確かめに行ってれば！

ありとあらゆる可能性を考え、ロランは歯軋《はぎし》りした。おまえのせいだ、ロラン・フランベルジュ……あいつがじっとしてるわけはないのを、知ってただろうに！　絶対に、俺を助けに来ようとしただろうと、そうわかってたはずなのにっ。

「ロランさま、このシオンの力不足で――」

「いや、おまえは何も悪くない。もちろん、他《ほか》の仲間もだ」

そう言いつつ、ロランは怒りに任せて上半身を起こした。今度は、なぜか簡単に起きることができた。

皮膚に爪《つめ》が食い込むほど激しく、拳《こぶし》を固める。気がつけば叫んでいた。

「俺の……この俺のせいだっ」

ロランの血を吐く叫びは、部屋の中に空虚に響いた。

もっとも、ロランはいつまでも後悔に浸っていたわけではない。次の瞬間には、もう決意していた。

――待っていろ、エトワール。

必ずこの俺が助けに行く。

たとえ、全《すべ》てを敵に回すことになろうとも、必ずっ。

忘却の覇王　ロラン②巻おわり

あとがき

お陰様をもちまして、再びこの二巻でお会いすることが叶いました。

一巻以上にイラストも装丁も完璧で、嬉しいことです。


思えば……いつも新刊を出す前は大なり小なり不安があるものですが、本シリーズの一巻を出す前は、いつもの比ではありませんでした。

というのも、元々この魔王ネタ、「いや、前に出した魔王ネタのアレがあってですね、結局はナニでしたけど、成績としては良かったんですよっ（一巻のあとがき参照）。なのでここは一つ、違うお話で魔王が主人公の（以下略）」などと無駄に熱く焚き付けたのは、他ならぬ私なわけです。嘘などついてませんが、しかしお話やキャラが変われば、結果もまた変わる可能性は当然あります。むしろ、その可能性は決して小さくありませんでした。

……言うまでもなく、私はそういう可能性については極力、触れませんでしたが。

そしてもちろん、本当に残念な結果に終わった場合、「うわ、あのホラ話に乗ったばかりに！ちくしょうっあいつは信じられねぇええええ」ということになり、当初から低かった私の立場が奈落の底まで落ち込み、後押しして下った担当様や素敵なイラストを描いてくださった望月先生にもご迷惑がかかり、年末のパーティーは呼ばれずにスルーされ、トドメにスクエニ様の敷居（でっかいビルですよ！）は二度とまたげなくなるかもしれない――。

発売前になると、本気でそんな妄想が私の頭の中を駆け巡りました。

この際、外国へ旅行とかに出かけておいた方がいいんじゃ？　などと、ちょっとそんな検討もしたほどです。

実際、売り上げの情報はささっと各出版社様に知れ渡ったりする時代でして、びびってしまうのもむべなるかな、という感じです。

――以上のような事情で、個人的に薄氷を踏むような思いで一巻の発売を迎えましたが、お陰様で、確か発売後十日前後で増刷のお知らせを頂き、ほっと胸を撫で下ろしました。

……いえ、本当の勝負はこの二巻からかもしれませんけれど。

でもとりあえず、下手すると大コケしていた（かもしれない）話に乗ってくださったスクエニ様には、非常に感謝しております。

まぁ成績がどうのは置いて、単純に、一巻を楽しんでくださった方がいらっしゃったら、この二巻も楽しんで読んでもらえると嬉しいなぁと思います。

前のあとがきで申し上げた通り、私は魔王ネタというのが大好きで、そのせいか本作に登場するキャラ達は、だいたいにおいてみんな好きです。

敵味方を含めて、それぞれ活躍してほしいなぁと思ってます。

そのためには、まず私ががんばらないといけないですけどね。

この本を出すにあたり、ご助力をくださった全ての方達にお礼を申し上げます。

最後はもちろん、この本を手にしてくださったあなたに、精一杯の感謝を。

吉野　匠　拝

少年
月刊
ガンガン
GANGAN
ソウルイーター
毎月12日発売!!
好評連載中
●大久保篤
月刊
GANGAN
ガンガンジョーカー
JOKER
毎月22日発売!!
妖狐×僕SS《いぬぼくシークレットサービス》
●藤原ここあ
好評連載中
月刊Gファンタジー
GFantasy
黒執事
毎月18日発売!!
好評連載中
●枢やな
ヤングガンガン
YOUNG
GANGAN
好評連載中
荒川アンダー ザ ブリッジ
●中村 光
毎月第1・第3金曜日発売!!
SQUARE ENIX WEB MAGAZINE
ガンガンONLINE
オンライン
ばらかもん
完全無料WEB雑誌!!
好評連載中
●ヨシノサツキ

ガンガンノベルズ

GN

忘却の覇王 ロラン②

2010年7月27日　初版発行
2011年10月3日　5刷発行

著者
吉野 匠
イラスト／望月 淳

発行人
田口浩司
発行所
株式会社スクウェア・エニックス
〒151-8544　東京都渋谷区代々木3-22-7　新宿文化クイントビル3階
【編集】TEL.03-5333-1560
【営業】TEL.03-5333-0832　FAX.03-5352-6464
印刷所
加藤製版印刷株式会社
編集
村中宣彦
装幀
蛇川貴子
本書は全編、書き下ろしによるものです。

ISBN978-4-7575-2957-1　C0293
Printed in Japan